DOLL　警察庁特捜地域潜入班・鳴瀬清花

JN167266

角川ホラー文庫
24469

目次

【主な登場人物】

鳴瀬《なるせ》清花《さやか》　特捜地域潜入班へ出向させられた神奈川県警の刑事。好物はグミ。
土井《どい》火斗志《ひとし》　特捜地域潜入班の班長。好物はインスタント麺《めん》。
万羽《まんば》福子《ふくこ》　特捜地域潜入班の後方支援室通信官。ヤマンバ化する習性あり。
丸山《まるやま》勇《いさみ》　特捜地域潜入班の連絡係兼生活安全局の指示待ち刑事。祭りと蝶《ちょう》が好き。

返町《そりまち》秀造《しゅうぞう》　清花の元上官。警察庁刑事局刑事企画課課長。

木下《きのした》勉《つとむ》　清花の元夫。
木下澄江《すみえ》　勉の母親。
木下桃香《ももか》　清花の一人娘。

——古簑《ふるみの》が案山子《かかし》になれば、茶店の骸骨《がいこつ》も花守をしていよう。煙は立たぬが、根太を埋めた夏草の露は乾かぬ。その草の中を、あたかも、ひらひら、と、ものの現《うつつ》のように、いま生れたらしい蜻蛉《とんぼ》が、群青《ぐんじょう》の絹糸に、薄浅葱《うすあさぎ》の結び玉を目にして、綾の白銀《しろがね》の羅《うすもの》を翼に縫い、ひらひら、と流《ながれ》の方へ、葉うつりを低くして、牡丹に誘われたように、道を伝った。

泉鏡花「燈明之巻」——

プロローグ

私は娘を捜していた。その場所はどこまでも灰色の、草だらけの藪《やぶ》だった。

藪は山々に囲まれて、斜面より上に林があって、木々の合間に少女らが、駆けて行く姿で固まっていた。笑い声も、歓声もなく、人形のようにじっとしている。

なんだろう。

私は木々の合間に目をこらし、少女たちがほんとうに人形だったと気がついた。大きさもかたちも子供のそれと変わらないのに、顔だけが布に墨描きされているのだ。目を転じると、路肩に若い女性が立っていた。背丈ほどの杭《くい》に縛られて泣きも笑いもしない表情は描かれたもので、娘と同じくらいの歳に思えた。

それで私は泣きたくなった。

目の前を、スーッと赤いトンボが横切る。

吸い寄せられた視線の先はさっきと同じ灰色の藪だが、でも、唐突に気がついた。

これはただの藪ではなくて、葦《あし》の生え出た田んぼであると。枯れ葦がボサボサと茂る田んぼに私は言い知れぬ寂寥《せきりょう》を感じた。

ここはいったいどこだろう、どうしてこんなに薄暗いのだろう。

折れ曲がって重なる葦の葉を、風が揺らす様はさみしい。それが田んぼであればなおさらで、かつてはここに人が住み、黄金《こがね》の稲穂が風にそよいでいたはずなのに。

……さん……あさん……

風だろうか。誰かの声がしたようだった。

……ん……おかあ……ん……お母さん……

「珠々子《すずこ》！」

私は叫んだ。心の底から。

……さ……おかあ……ん……

間違いない。あれは娘の呼ぶ声だ。

心臓がバクバク躍り、全身を一気に血が巡る。珠々子だ、あの子が呼んでいる！

グルリと体を回転させて、葦を見た、田を見た、山も見た。右も、左も、前も、後ろも、空すら仰いだ。

風景はどこも灰色で、荒れ果てた農地が続いていて、空は朧《おぼろ》で雲すらなかった。

お母さん。

声を追って歩き出したが、どうしてか、思うように進めない。珠々子、珠々子、珠々子や、珠々子ー！　叫んだはずが、声が出ているかどうかもわからない。叫びは喉《のど》で掠《かす》れてしまい、空気は重く、水の中をゆくようで、体が前に進まないのだ。

……さん……お母さん……

いま行くから、すぐに行くからそこにおってよ。もう、どこへも行かないで。空気をかき分け、泳ぐようにして葦田《あしだ》を進む。背よりも高く茂って邪魔をするので踏みつけていく。葉先で頬が切れてもかまわない。珠々子、珠々子、そこにおってよ。消えないで、そこで待ってて。行くから、お母さんがすぐに行くから。

葦の原はどこまでも続いて終わりがない。ときおり畦《あぜ》があって、乗り越えていく。この場所を知っている気がした。

さん……お母さん……おかあ……

田の中に丸い石がある本家の稲田だ。石に注連縄《しめなわ》が巻き付けられて、爺《じい》ちゃんたちが樒《しきみ》と酒を供えていた。春は田に水を引き、夏には青々と稲が育って、蛙が鳴き、月が浮かんだ。あの美しい田んぼがこんなに荒れて、葦だらけになっていたとは……行く手を塞《ふさ》ぐ藪が恨み言をぶつけているかのようだ。田んぼよ、田んぼ、だから珠々子を連れ去ったのか。先祖伝来の田に葦を生やすとはなにごとか、そう言いたくて私の娘を。

「珠々子ーっ！」

喉が裂けても構わない。声を限りに叫んだとき、ついに葦の藪が途切れた。

一陣の風が枯れ葉を舞い上げ、赤いトンボが目の端をよぎった。

そこに、すぐ目の前に、注連縄を巻いた石がある。榕は疾《と》うに干からびて、酒の容器は割れている。ボウボウとした草に覆われて、注連縄は朽ちて風に揺れ、

――お母さん――

頭上で珠々子の声がした。

石の後ろに杭が立ち、それが屋根ほどの高さに伸びて、私が見上げた目の先に、娘が磔《はりつけ》になっていた。首の後ろに太いロープが垂れている。その先がどこへ繋《つな》がっているのかわかる気がする。

娘は失踪《しっそう》したときと同じ浴衣《ゆかた》姿で、こちらをジッと見下ろしていた。

――お母さん。私はもう生きていないの――

娘の顔は布であり、目も鼻も口も墨で直接描かれていた。

「いやだ、どうしてそんなこと言うの」

娘の顔にトンボが止まる。黒地に赤い金魚模様の浴衣、赤に紫が入った帯と、漆塗りの下駄《げた》に真っ赤な鼻緒。あの日のままの姿であるのに、それは生きた娘ではなかった。ああ、どうしよう……そんなはずない、と心で抗《あらが》う。

——生きていたこともなくなってしまう——

何を言ってるの？　どういう意味なの？

——早く見つけて——

と、娘は言った。

——早く見つけて。私を見つけて——

「珠々子。珠々子、ここは、私の……」

私は手を伸ばして娘を杭から下ろそうとした。一方で、人形になってしまった娘をどうやって人に戻そうかと考えていた。なんでもいい。連れ帰ってから考えればいい。やっと見つけた、珠々子、珠々子……一緒に帰ろう。家に帰ろう。

「すずこ」

呼びかける自分の声で目が覚めた。頭に村の景色が張り付いていて、だから娘を引き留めようと、私はガバリと体を起こした。

何もない。そこにあるのは寝室だ。

あれが夢ならせめて娘の欠片《かけら》なりとも、しっかり握って起きればよかった。そうすれば、娘をこちらへ連れ戻せたかもしれないのに。

杭を摑《つか》んだ自分の両手を嗅《か》いでみた。懐かしい娘の愛《いと》しい声を思い返した。

何もなかった。夢だったのだ。

夜の空気が体に重くのしかかっていて、母親は、部屋の暗がりにまだ娘が佇《たたず》んでいるのではないかと思った。心臓の鼓動は速く、悲しさと愛しさだけが全身に満ちて、持ち続けた希望を打ち砕かれて、絶望を感じた。

布団の縁を握りしめ、夢の続きを見たいと願い、そして唐突に涙がこぼれた。

ただの夢とは思われない。あの子は私に会いに来たのだ。あの子は私に知らせに来たのだ。夢じゃない、ただの夢であるはずがない。

葦田の匂いが肺を満たして、注連縄を巻いた石の記憶がありありと思い出された。本家の稲田がどうなったのか、そもそも本家がどうなっているのか、気にしたこともずいぶんなかった。故郷は山間《やまあい》の美しい村だったのに、それがあんなに荒れ果てて、寂しい場所になっていたのか。そこに娘が、案山子《かかし》のように、たった独りで残されたのか……不憫《ふびん》で胸が潰《つぶ》れそうになる。

――なんの石？――

――田の神さんだ――

――どうしてお酒を供えるの？――

――神さんが酒好きだからだ――

――石なのにお酒を飲むの？――

――どうだかな――

爺ちゃんと交わした会話が脳裏をよぎる。

その場所を知っている。私は場所を知っている。そこに娘がいるというなら。

もう眠れずに床を出て、母親は仏壇の前に座った。

夫の位牌《いはい》に手を合わせ、珠々子を見たよ、と遺影に告げた。

ロウソクを灯《とも》して線香を上げると、チーン……と微《かす》かにお鈴《りん》が鳴った。ように思えた。再び心臓がドキドキとして、そして母親はまた泣いた。生きてはいないと心のどこかで諦《あきら》めていた。けれどもそれを認めたら、娘に義理が立たないと思った。どっちつかずの状況に疲れ果てているのも事実だ。けれど、でも……生きているなら苦しさを想う。死んでいるなら恐怖を想う。そしてどちらの場合でも、あの子が悲しい目に遭っているのが許せないのだ。

線香の煙は白くたなびく。それが次第にかたちを成して、娘の姿を見るような気がする。早く見つけて……それが娘の望みなのだ。

そうしなければ、生きていたこともなくなってしまう。

仏壇の前でおいおい泣いて、母親は静かに立ち上がる。そして夜中にも拘《かか》わらず、息子を起こしに行ったのだった。

第一章　凍らせないでというメール

四月中旬の日曜日。警察庁特捜地域潜入班に出向中の鳴瀬《なるせ》清花《さやか》は、娘の桃香《ももか》を連れて新宿《しんじゅく》駅に降り立った。人混みではぐれないようしっかり手を繋いで待ち合わせ場所のデパートへ向かう。この休日は同僚の万羽《まんば》福子《ふくこ》と会う約束になっていたからだ。

「ママとお出かけ久しぶりだね」

駅の人混みを抜けたとたん、桃香はスキップし始めた。

「そうだね。ずっと仕事ばかりでごめんね」

繋いだ手をブラブラ揺らして詫《わ》びると、

「いいよ、ママはお仕事がんばったから」

娘は前を見たままサラリと答えた。

子供は近しい大人の意見に倣うから、義母《はは》や元夫がそう話してくれているのだ。ありがたい。どの母親も頑張っている。父親もまた同様で、頑張らずに生きている人などいない。それなのに、自分はなにを勘違いしていたのだろうか。

久々に繋いだ娘の手が幼児のそれではなくなっていて、清花は驚く。

刑事の仕事は過酷で、緊張の連続で、忙しすぎるから子供と向き合う時間なんか取れないと、決めつけてきた。けれどもそれは間違いだった。立ち止まることさえ怖がらなければ、数秒で娘と向き合えたのに。

「フッコちゃんもおしゃれしてくるかなあ」

すれ違う女の子たちを目で追いながら桃香がつぶやく。

「どうだろうね」

と、清花は答えた。

『フッコちゃん』は万羽福子のことで、初めて家族に紹介したとき、福子自身がそう呼んで欲しいと言ったのだ。桃香は『ママのお仕事仲間』が大好きになり、連絡係で生活安全局の丸山勇《まるやまいさみ》を『勇お兄ちゃん』、ボスである土井火斗志《どいひとし》のことは単に『おじちゃん』と呼ぶ。他のおじちゃんと区別するときだけ『変なおじちゃん』になるのだが、こちらのほうが土井の印象には近い。

「ママー。ママはお店でなにを食べるの？」

次々に繰り出される質問は、桃香の楽しみを表現している。

「そうね。なにを食べようか」

「バアバとお出かけするときはねえ、お味噌汁《みそしる》があるごはん屋さん行くよ。バアバはお店の人が運んでくれなきゃイヤだって。フードコートは行かないんだよ」

早朝からキッチンに立つ主婦が、テーブルへ運んでもらったごはんを食べたいと思うのは当然だ。

「待ち合わせているのはカフェだから、お味噌汁付きのごはんはないと思うな。メニューを見てから決めたらどう？」

「アイスクリームもあるかなあ」

「あると思うよ」

「えへへ」

桃香はまたスキップする。久々の外出は、実は、仕事がらみだ。

それでも桃香は大喜びで、昨日はリビングに洋服を広げて、今日の服装を選んでいた。『お出かけはきちんとした服になさい』と、ワンピースを勧めた義母に自己主張を通して、レインボーカラーのティーシャツとスカートのセットアップに決めた。ロゴ付きキャップを合わせて鏡でチェックし、満足そうに頷《うなず》くと、くるぶしまでの白いソックスを持ち出してきて、ゴムの部分に蛍光ペンで虹色《にじいろ》を塗り出した。

できあがったのはチアリーダー風のファッションで、本人はとても満足しているが、清花は色落ち必至のソックスを洗濯機に放り込まれないよう気を付けなければと思う。

そんなことになったら義母に申し訳が立たない。

　必ずお風呂《ふろ》で手洗いさせる。うっかり忘れてないよう心でつぶやきながらデパートに入り、エレベーターで上階を目指した。

　落ち着いて話ができると福子が選んでくれたカフェは五階にあって、渋い雰囲気の高級そうな店構えだった。『だからこそ穴場なの』と、一本指を立てて福子は言った。天井が高く、内装はブラウンで統一されて、オープンスペースであるかのように巨大な樹木が植えられていた。

「万羽で予約している者ですが」

　入口でスタッフに告げると、

「承っております、こちらへどうぞ」

　にこやかに案内してくれた。

　桃香は店の雰囲気に圧倒されて、小さなレディのように背筋を伸ばす。お茶や食事を楽しむ人々の間を通って窓辺へ移動すると、ソファ席に福子と少女が座っていた。

「来た来た、桃ちゃん、久しぶり」

　素早く福子が立ち上がり、つられて少女も席を立つ。

　桃香の期待に反して福子は、セーターにタイトスカートといういつも通りの服装だ。

隣の少女はロゴ入りスウェットに膝丈《ひざたけ》のスカートで、清花に深く頭を下げた。少女の名前は大島奈津実《おおしまなつみ》。この春、限界集落の牡鹿沼山村《おがぬまやま》から都内の高校へ進学してきた。

見知らぬ少女に驚いて桃香が身体を寄せてくる。その背中に手を添えて、

「ごあいさつは？」

と、促した。桃香はキャップを被《かぶ》ったままで、ペコリと不器用にお辞儀した。

「こんにちは。名前、なんていうの？」

と、奈津実が訊《き》いた。

「木下《きのした》桃香です」

「私は大島奈津実。よろしくね」

「よろしくお願いします」

奈津実は桃香を隣に招き、席に着くのを待ってメニューを開いた。小さな桃香が見やすいように、自然なサポートをしてくれる。照れながら桃香も楽しげだ。

清花もメニューをめくりつつ、

「奈津実さんは私のこと、覚えてくれているかしら？」

そう訊くと、

「覚えています」

明快に答えた。

彼女との出会いは昨年の秋。児童失踪《しっそう》事件を追って潜入した牡鹿沼山村で、年下の

子供たちと一緒に暮らしていた。

「進学おめでとう。すごく頑張ったね」

「ありがとうございます」

「今日はね、私たちからの進学祝いを受け取ってもらおうと思って」

福子がそう言いかけたとき、

「ママ、これにするーっ」

桃香が話に割り込んだ。大人の会話に口を挟んではいけないと教えているが、メニューに夢中で周囲が見えていなかったようだ。清花が戒めるより早く、福子と奈津実は微笑んで桃香のメニューを覗《のぞ》き込んでくれた。即決したのはアイスクリームではなく、イチジクと生クリームのケーキであった。

「ごはんは？」

「いらない」

流れで清花は福子らを見た。

「万羽さんたち、注文は？」

「決めてあるけど清花ちゃんたちが来てからにしようと思って」

「そうなんですね、すみません」

今は目移りしてケーキ一択になっているけれど、必ず『お腹がすいた』と言い出すはずだ。清花はメニューを素早く見てから、自分の分をランチセットに決めた。

福子がスタッフを呼んでオーダーしたとき、

「シェアするお皿をひとつください」

と、お願いする。

会食は奈津実のためにセットしたもので、桃香を連れてきたのも奈津実を緊張させないようにという福子の心配りだ。その思惑は見事に当たり、奈津実は自然な表情をしている。警察官二人と会食なんて、緊張するに決まっているから。

奈津実は幼い頃に実の親から虐待を受けていた。それを知った祖父母が彼女を牡鹿沼山村に隠して、彼女はそこで成長し、心理カウンセラーになるという夢を抱くまでに回復し、東京の高校へ進学を決めた。現在は地域潜入班と生活安全局がバックアップしてセキュリティ強固な寮で暮らしているが、実の両親に所在が知れると再び虐待が起きる可能性があり、祖父母も近くにいないため、同性である清花と福子が彼女のフォローを買って出た。今日はその顔合わせでもある。

「なにか困ったことはない？」

料理を待ちながら清花が訊くと、

「今のところは大丈夫です。ありがとうございます」

と、奈津実は答えた。とてもしっかりしているけれど、心に負った傷は外から見えない。『大丈夫』がそのままの意味であるとは言えないのだ。

「勉強はどう？　ついていけそう？」

福子の問いには苦笑しながら、

「大変だなとは思います。でも自分で決めたことだから」

真っ直ぐな目でそう言った。

「……奈津実お姉ちゃん、大人なのにまだ勉強するの？」

不思議そうな顔で桃香が訊いた。

「まだ高校生だから勉強するよ。このあと大学へいって、もっと勉強するんだよ」

桃香は目を丸くした。小学二年生の桃香にとって、私服の奈津実はすっかり『大人』に見えるのだろう。

「桃香ちゃんはいま何年生？」

「二年生」

「学校楽しい？」

すると桃香は首を傾げた。元気に学校へ通っていると思っていたから、清花は少し不安になった。自分が知らない問題を、娘は抱えているのだろうか。

「たのしいけど……」

首をすくめてモグモグと言う。清花は詳しく訊きたかったが、奈津実はニコニコと桃香の顔を覗き込んだだけで、訊こうとしない。しばらくすると桃香は言った。

「『お姉さん』になりたいのにね、学校はもっとお姉さんがいて、なれないの」

清花と福子は顔を見合わせた。奈津実が訊《たず》ねる。

「ふーん、そうなんだ……桃香ちゃんは誰のお姉さんになりたいの？」

「一年生のお姉さん」

パッと表情を輝かせて桃香は答えた。

「一年生はね、ちっちゃくて、黄色い帽子をかぶってるんだよ。それでね……」

完全に身体を奈津実に向けて、熱心に話し始めた。奈津実も桃香に向き直り、辛抱強く聞いている。そんな二人を眺めながら、

「思ったよりも、大丈夫そうね」

と、福子がささやく。

地域潜入班から奈津実への進学祝いはスマホだ。何を贈るのがいいだろうと話し合ったとき、『絶対にスマホでしょ！』と勇が叫んだからである。都会に住むなら必須《ひっす》ですよと。そこで土井が奈津実の祖父母にその旨を伝え、会食後に福子が奈津実を連れて契約に行く段取りとなっている。桃香と奈津実の会話の隙に、福子が言った。

「奈津実ちゃん、このあとスマホの契約に行こうね」

「えっ！」

奈津実は大きすぎる声を出し、至極切なそうな表情を作った。彼女がスマホをどんなに欲しくて、でも諦《あきら》めていたかを感じ取るのに十分すぎる反応だった。

「私たち、みんなでお金を出し合ったのよ。進学祝いにあげたいなって」

清花が言うと、奈津実は泣きそうな顔をした。

「お爺《じい》ちゃんたちには土井さんから話が行っていて、月々の使用料は持ってくれるようだけど、無駄遣いしないプランを一緒に検討しましょ。これからはなんでも自分でやっていくわけだけど、最初の一歩は付き合うわ。そっち関連は私の得意分野だし」

「フッコちゃん……かっこいーっ」

と、桃香が言ったので、奈津実も笑う。彼女は両目をしばたたいて涙を乾かし、テーブルに頭が触れるほどお辞儀した。

「嬉《うれ》しいです……ありがとうございます……私……お爺ちゃんたちにこれ以上迷惑かけたくなくて……だからアルバイトして自分で買うつもりでいたんだけど」

清花と福子は顔を見合わせ、この場にいない勇を心で褒めた。

食事が運ばれてきてからも、奈津実のおかげで桃香に対する清花の出番はほとんどなかった。シェアしたお皿で少量のパスタを食べたのは清花のほうで、桃香はケーキもパスタもサラダも食べた。もはや幼い桃香はどこにもおらず、清花は娘への認識をバージョンアップした。そのあとも二人はずっとお喋《しゃべ》りしている。

子供たちを見守りながら福子が訊いた。

「清花ちゃんってお母さんが長野だったよね？　長野のこと、よく思い出す？」

会話は娘たちのものと二つに分かれた。

「どうかな……特別思い出したりはしないけど」

「懐かしい？」

と、福子はまた訊《き》く。

「テレビなんかで長野が映ると、そうですね。でも東京から二時間程度で行ける距離ですし、郷愁をそそるほどではないですが」

どうしてですか？　と訊ねると、福子は紅茶のソーサーにカップを置きながら、

「偶然なのか、似た内容の相談メールが二通来たのね」

と、小声で言った。娘たちは学校の話をしている。

班の専用メールアドレスは複数あって、上官の返町《そりまち》が開設したホットラインは警察庁のホームページに公開されている。通常は警察が取り上げない案件や、事件かどうかもわからない案件、忘れられそうな事件など、どんな内容でも相談できるというのが売りで、返町が管理している。

「どこへ来たメールですか？」

清花が訊くと福子は、

「ひとつは人形玩具《がんぐ》研究所のホームページで、ひとつは土井さん宛《あて》よ。どちらも今までの捜査で知り合った関係者からの紹介で」

人形玩具研究所のホームページは、過去の案件をフォローするため開設している架空の団体のページである。

「ソメ村って聞いたことある?」

「さあ……どういう字を書くんですか?」

清花は首を傾けた。

「片仮名プラス『村』よ。片仮名地名って珍しいでしょ? だから俗称かもと思って調べたら……」

言いかけて福子は娘たちの空っぽになった皿を見た。

「奈津実ちゃん、デザート食べる? 桃ちゃんも」

と、二人に訊いた。

「食べていいわよ。今日は私たちの奢《おご》りだからね」

「ほんとうですか?」

奈津実は目を輝かせてデザートメニューを選び始めた。ケーキもパスタも食べたのに、桃香も一緒にメニューを見ている。囁《ささや》き声で福子は続けた。

「長野県と岐阜県と愛知県にまたがるあたりにあった集落で、平成初期に統合されて、すでにないんだけど」

「その村から相談メールが？」

「ていうか、その村についての相談が二件、立て続けに来たんだけれど、一件は愛知、一件が岐阜と書いてあったから、違う村だと思ったのよね」

清花もコーヒーカップを置いて福子を見た。

「二件とも同じ案件だったとかですか」

「そうじゃなく、同じ村で起きた事件じゃないかと」

「事件なんですね」

娘たちがデザートを決めたので、スタッフを呼んだ。大人は飲み物を追加して、娘たちはケーキセットとアイスクリームを注文する。

「ごちそうさまです」

と、奈津実は言った。

「どういたしまして」

と、福子が微笑む。

清々《すがすが》しい奈津実の笑顔を見ていると、左遷されてよかったと清花は思う。奈津実がスマホを喜んでくれて嬉しかったし、桃香も年上のお姉さんに相手してもらえることが嬉しいようで、もはや奈津実にべったりだ。

「それでどうしたの？　ねえ、奈津実お姉ちゃん」

「うん、ヤマンバはね……」

奈津実が育った牡鹿沼山村には子供をさらって育てるヤマヒト様の伝承がある。奈津実を育てた人々は、よくヤマンバと混同される。

娘たちがまた話し始めるのを待って、福子は言った。

「メールの内容は迷信に絡めた行方不明についいて。二件は別々の事件なの……」

福子は意味ありげに言葉を切ると、ソファの背もたれに身体を預けた。

「どういうことですか？」

「わかりにくいよね。つまり、別々に来た二件の話が、同じ村の同じ伝承に基づく行方不明事件だった……ってこと」

「…………」

気味悪さに清花は言葉が出ない。

「気になったから事件についても調べたの。そうしたら、その地域で出された行方不明者届が三件ほど見つかって……でも、それだけじゃなく、まだあるの」

「え」

「その場所……その場所っていうのはソメ村があった場所だけど、半導体の工場が誘致されたらしいのね」

都市部からさほど遠くなく、水資源が豊富で地権者が少ない。最近はそうした場所に工場などが建てられて、新たな街が生まれている。

「着工は今年の秋で、そうなると地形も何もかも変わってしまうでしょ？　だから工場が建つ前に、もう一度村を調べてほしいというのね。二件とも暗にそれをほのめかしているように思うの」

「今さら何を調べろと？……その話、ボスには？」

「まだ言ってない。ソメ村についてはようやく昨日、個人的に調べてみたところだから。まさか二件とも同じ村で起きた話だとは思わなかったし」

「お待たせいたしました」

声がして、スタッフがオーダーを運んで来た。『お店の人が運んでくれる』のはやっぱりいいな、と清花も思う。

「お腹いっぱいならアイスは残していいんだからね」

食べ過ぎを案じて娘に言うと、

「ううん、大丈夫。残さない」

桃香はさっそくアイスを食べ出した。

奈津実がオーダーしたのは桃香と同じイチジクのケーキだ。

「イチジクなんてお金払って食べるものだと思っていなかったです。でも、おしゃれでビックリ」

牡鹿沼山村ではイチジクだけでなく、アケビやヤマモモや大王グミなど自生果実が豊富だったから、勝手に採っておやつにしていたと笑う。桃香はおとぎの国の話を聞くかのように目を丸くして奈津実を見ている。イチゴ狩りやブドウ狩りしか経験がない桃香を連れて、また村に行きたい、と清花は思う。

無事に会食を終えるころ、清花と福子のスマホが同時に震えた。

明日は警察庁の資料室に集まって欲しいと、ボスから一斉メールが来たのであった。

清花が所属する警察庁特捜地域潜入班は、『警察は事件が起きてからでないと動かない』という批判に対する試みのひとつとして発足した部署である。管轄区を持たず古いキャンピングカーに拠点を置くことで、全国どこへでも臨場できるが、現行事件には関わらない。むしろ人々の記憶から消え去りそうなコールドケースや、相談先不明の些細《ささい》な案件、事件か事故かもわからないケースなどを拾い上げ、調査して、犯人に目星が付けば管轄の警察署へバトンをつなぐ。逮捕に主眼を置くのではなく、『事件関係者の心に寄り添う警察庁』を体現するためのイメージ戦略部隊だ。

捜査拠点のキャンピングカーは土井が所有していたもので、上層部が最新鋭の車両を導入して華々しく宣伝したかったのに対し、目立つ車で捜査などできないと、土井は年季の入った車の使用を譲らなかった。但し、見た目と違って内部には最新鋭の通信設備が搭載されている。捜査班のメンバーは四人。万羽福子は警察庁通信官と兼任で、連絡係の丸山勇は生活安全局の駆け出し刑事と兼任しており、現地調査に向かうのは清花とボスの土井がメインだ。

翌朝。奈津実から捜査班メンバーへ、CC付きでお礼のメールが届いた。

――土井さん　丸山さん　万羽さん　鳴瀬さん　桃香ちゃん

大島奈津実です。これは記念すべきメール第一号です。

実はスマホが絶対欲しかったけど、お爺《じい》ちゃんたちには言い出せず、友だちからラインを交換しようと言われるたびに話を逸《そ》らし続けていました。スマホを持てない理由を訊かれることが怖かったんです。でも、その恐怖はなくなりました。

私のためにお金を出し合ってくれてありがとうございます。大切に使います。絶対に夢を叶《かな》えようと、改めて思っています――

奈津実がどんなにワクワクと設定をして最初のメールを送ってくれたか。それを思うと泣けてくる。清花はメールを保存して、本庁の資料室へと出勤した。

本庁に資料室は何室もあるが、地域潜入班が使うのは古いパソコンが並ぶ資料閲覧室で、ほぼ物置と化している。久しぶりにその部屋へ来てみると、一台だけの会議用テーブルに、着ぐるみや幟旗《のぼりばた》を入れた段ボール箱が積み上げてあった。イベントで使用したもののようで、蓋《ふた》も閉まらない状態で投げ出されている。

「……まったく……」

こんな部屋を使う者がいるとは知らないのだから仕方ないとしても、せめて整理整《せい》頓《とん》の気配くらいは示せないものか。神奈川県警本部で班長をしていた頃なら、部下を呼びつけてやり直しさせていただろう。

清花は中身をすべてテーブルにぶちまけ、仕分けしてから箱に収めた。そして段ボール箱の側面に、閲覧用デスクにあった油性ペンで内容物と日付を書き込んだ。棚に載せるため今度は棚を片付けていると、ドアが開いて丸山勇が入ってきた。

「おっ、清花さん、おはようございます。昨日はお疲れ様でした。奈津実ちゃんから胸アツメールが来ましたね、俺、なんか泣きそうになっちゃって……」

「私もよ。スマホの契約に行きましょうと言ったときの彼女の顔は、ボスや丸山くんにも見せたかったわ。メチャクチャ嬉《うれ》しそうだったわよ」

「うわ、見たかったーっ」

勇はラフな服装を好む。この日はテロテロしたパンツに白のティーシャツを着て、ドルマンジャケットを羽織っていた。愛嬌《あいきょう》のある笑顔は眩《まぶ》しいほどで、客観的に見て彼を刑事と見抜ける者はいないだろう。

「ところで、また呼び出されちゃったけど、なぜか知ってる？」

清花より背が高い勇は棚の段ボール箱に手を添えて、

「なんか、たぶん――」

と、言って笑った。あっという間に棚の箱をずらして隙間を作る。

「――あれらしいっすよ。この班が徐々に有名になってきたとかで、返町課長が鼻高々で……その話は聞いてます？」

「ぜんぜん。私とボスは出ずっぱりで本庁の事情に疎いから」

勇がすべての箱を棚に収めてくれたので、ようやく会議用テーブルが使える状態になった。清花は手に付いた埃《ほこり》を払おうとしたが、取り切れないのでズボンにこすった。それを見て勇はまた笑う。

「ワイルドっすね」

そして頂戴《ちょうだい》をするように手のひらを出した。

「なにそれ、仕事もしないうちからグミは食べるの」

「そこはやっぱり気合いの入り方が違うんで」

悪びれる様子もないので上着のポケットからグミのケースを取り出すと、蓋を開けて勇に向けた。グミはやる気を鼓舞するために持ち歩いているもので、おやつではない。それでも勇はグミを欲しがる。ときにはまるで子供のように、清花にグミをせがむのだ。今も人差し指を振りながら、オレンジとブドウの二つを選んだ。清花もオレンジを一粒つまみ、ケースをポケットに戻したとき、ノックと共に福子が顔を覗《のぞ》かせた。

「お疲れ様です。なんと、ここじゃなくて会議室へお呼びよ。いい会議室へ来てくださいって」

いい会議室、と強調する。清花と勇は顔を見合わせた。

「どういう風の吹き回しかしらね」

資料室を出ると、福子は廊下で二人をマジマジ見つめた。本庁へ出勤する場合、清花自身は汎用《はんよう》スーツを着るようにしているが、特にかしこまった服装ではない。

「ま。土井さんよりは」

そう言うと、福子は頷《うなず》きながら苦笑した。

メールで土井は服装に言及しなかったから、本人がどんな恰好《かっこう》なのか想像がつく。物置資料室ならいざ知らず、いい会議室へ向かう服装ではないのだろう。

対して福子はどんな場合もシンプルなブラウスやセーターに膝下《ひざした》のタイトスカート

だ。額で分けた長い髪、目尻《めじり》が下がったふくよかな顔。最初に彼女を見たときは、名前と印象がこれほどマッチする人がいるだろうかと思ったものだ。

「なんで会議室なんですか？　ボスから資料室へ呼ばれたので、てっきり過去の事件を調べるのだと……」

福子は歩き出しながら、

「私も聞いてないのよね。部屋を変えるから呼んできてって土井さんが——」

それからチラリと振り向いて、

「——返町課長の指示だと思うわ」

と、付け足した。

「またどっかの偉い人が来てるんですかね？」

勇の問いには首を傾げて、

「そうなら服装もきちんとしろってメールに書いてきたはずよ。なんといっても土井さん自身がいつもの『あれ』だから」

清花と勇は再び顔を見合わせた。長い廊下を進んでエレベーターに乗り、一階へ下りて行く。一般人との相談業務や打ち合わせに使う会議室へ行く前に、清花はトイレへ寄って埃で汚れた手を洗う。鏡に自分を映して、手櫛《てぐし》で髪を整えた。化粧直しのポーチなどは持っていないので、中指の腹で目元をこすって表情だけ作り、これでいいやとトイレを出ると、会議室前の廊下に人影はなく、辺りは静まり返っていた。

　指定された部屋のドアをノックして、上着の裾《すそ》を引っ張ったとき、

「どうぞ」

　と、返町の声がした。

　彼はボスの土井より立場が上の、刑事局刑事企画課課長である。

「失礼します」

　そう言ってドアを開けると、普通の会議室よりも高級な椅子が並んだ室内に、見知らぬ二人の男性と、潜入捜査班のメンバーと、返町課長が立っていた。

「遅くなりました」

　清花は慇懃《いんぎん》に頭を下げて、勇と福子の並びに立った。

　ボスの土井はやっぱりいつもの服装だった。カジュアルを通り越した綿パンに、踵《かかと》を踏みつけたスニーカー、タラタラしたポロシャツはワッシャー加工をしたかのようにシワが寄り、無精髭《ぶしょうひげ》でボサボサの髪。それでいて大きな目は濡《ぬ》れたように光っている。来庁者が何者かは知らないけれど、土井の眼光に気がつけば不安になるのだろうなと思う。この見かけでとんでもないやり手だと知る人は、恐らく少ない。

「これで全員揃いました」

　返町は二人の客を見る。

「依頼者に寄り添えるメンバーです」

「班長の土井です」

土井が頭を下げたので、隣の福子がそれに続いた。

「通信官の万羽です」

「鳴瀬です」

「丸山です」

全員が頭を下げると、返町は次に客を紹介した。

「こちらは坂下啓介《さかしたけいすけ》さん。愛知県警足助《あすけ》警察署の巡査部長だ」

「坂下です」

頭を下げた男性は六十を越えているように見えた。ガッチリとした体格で四角い顔、角刈りの頭は真っ白だが、眉毛《まゆげ》だけは黒々として、日に焼けた顔に深いシワが刻まれている。

「そちらは山本秀哉《やまもとしゅうや》さん。相談者だよ」

「お世話になります、山本です」

男性は四十がらみで、これと言って特徴のない顔に小柄な体軀《たいく》、素朴で人のよさそうな雰囲気を持っていた。返町は自ら椅子をひき、ほかの者にも座るよう促した。

福子だけがお茶の準備に出て行って、清花らはコの字形に並んだテーブルの角を挟んで来客二人と向き合った。返町が言う。

「事の発端は企画課のホットラインに坂下さんがくれたメールでね、きみたちにピッタリな内容だったので、そのように話をしたところ、山本さんを連れて来てくれたというわけだ」

「足助署勤務ということは、愛知からお越しになったので？」

土井が訊《き》くと、

「私はそうですが、山本くんは下伊那《しもいな》からです」

と、坂下は答えた。山本が続ける。

「自分は根羽《ねば》村で農業をやってます。高冷地なので甘いトウモロコシが育つんですよ」

なるほど、と清花は頷いたが、農業の話でここへ来たわけではあるまい。それが証拠に山本の顔には、遠慮とも戸惑いともつかぬ表情が浮かんでいた。

「それで、どんなご相談です？　農作物の盗難被害とかかしらん」

いつもの調子で土井が訊く。警察官のオーラを微塵《みじん》も感じさせないで、四方山《よもやま》話を促すように問いかけるのが得意な男だ。そうやって相手の深部に入り込んでいく。山本が坂下巡査部長を盗み見た。本当にこんな話をしてもいいのかと表情が語っている。そのせいか、先に口を開いたのは坂下だった。

「もう三十年も前の話になりますが、山本くんのお姉さんが……当時で十四歳でしたかねえ？――」

　振り向かれて山本は「そうです」と頷いた。

「――村の盆踊りに出かけて帰らないということで……当時、私は村の駐在だったんですが……結局は行方知れずのままになっていまして」

　山本はテーブルの下で手を組んで、坂下の声を聞いている。

「まあ、なんといいますか……定年を目前にして、山本くんからまたこんな相談を受けたのも、何かの縁だと思ったわけです。そうかといってお姉さんの失踪《しっそう》からはすでに年月が経っていますし、私自身も現役を引退して、今は免許業務などしているわけで、できることも限られている……そんな事情から、新しく本庁に開設されたホットラインにアクセスしたというわけでした」

「そのメールを受け取ったのが私なのだよ。詳しく話を聞きたいと思ったのでね、わざわざお越し願ったというわけだ」

「はい」

　山本も頷いた。

「そうですか……お姉さんのお名前は？」

　と、土井が訊く。

「珠々子です。山本珠々子。昔から夏休みは母の実家へ行くのが決まりで……帰省すると村の盆踊りに出かけたものです。まあ、そうは言っても都会のように賑《にぎ》やかなものじゃありません。出店《でみせ》があるわけでなし、火の見櫓《やぐら》の下で、提灯《ちょうちん》を灯《とも》して、太鼓や笛や曲に合わせて踊るというだけの地味な感じで……古い時代はお見合い的な要素があったようですが、過疎化で若い人もほとんどいない状態でしたし、私個人は従兄弟《いとこ》とゲームをするほうが楽しかったので、その年は盆踊りに行きませんでした。ただ姉は、新しい浴衣《ゆかた》を作ってもらったこともあって母や伯母《おば》と出かけて行ったんですけれど、盆踊りの後で母たちが地区の仕事を手伝っている間に一足早く会場を出て、そのままに……」

「祭りの会場と山本くんのお母さんの実家とは、徒歩で数分程度の距離でした。広い通りからやや逸《そ》れた消防団の駐車場というか、取り回し場といいますか、そんなところで、道に迷うような場所ではないです。ただ、村にはほとんど街灯もないので、月がなければ真っ暗になる道も」

「そんな道を、若い女の子がよく独りで帰りましたね」

清花が言うと、坂下は左右に手を振った。

「いえ、独りじゃありません。盆踊りが終わってすぐですからね、大通りをゾロゾロと近所の人たちが、みんなで連れ立って帰ったわけで」

「なのに行方不明になったんですか？」

「そうなんですなあ」

土井の言葉には頷《うなず》いてから、坂下は眉毛を掻《か》いた。

「村というのは、まあ、あれですわ。どの家の猫が子猫を何匹産んだというようなことまで知れ渡ってしまうところがあります。だから不審者やよそ者が入り込んでいればすぐわかる。当然ながら、見知らぬ車がどこに停まっていたというようなことも、必ず誰かが見ています。みんなが知り合いの大所帯……そういうこともあって安心していたというのも確かにあります。また、そんな状況だったので、事件より事故だと誰もが思っていたわけです。そう信じるしかない、といいますか、疑うことは自然と避けるといいますかねえ……ま。当時の自分も、ご家族には言えませんでしたが、個人的にはいたずら目的の拉致《らち》を疑う気持ちがわずかながらありました。ただ、では誰がそれをしたかというと、被疑者が一人もいないわけでして……盆踊りに行ったまま戻らない娘がいると電話を受けて、家に駆けつけてみますとね、すでに村の人たちがみんなで明かりを灯して捜索を始めていましたよ」

「地域住民の結束が固いということですね……すぐ捜したのに見つからなかった」

「そういうことです」

「姉の失踪からすでに三十年が経ちました。どこかで生きているのだろうと思う気持ちと、口に出せない諦《あきら》めと、家族は半々で生きてきました。でも村が」

山本は顔を上げて土井を見た。

「間もなく消えてなくなるそうで」

「それはどういう」

と、土井が訊いたとき、福子がお茶を持って戻った。勇が素早く席を立ち、福子を手伝ってお茶を出す。全員に配り終わって福子が着席すると、山本は言った。

「一帯に工場が誘致されたので、景観が変わってしまうんですよ」

「景観が変わると、なにかマズいことが？」

素朴に問いかける土井に逡巡《しゅんじゅん》する顔を一瞬だけ見せて、

「いや……その……」

山本は首を傾げて頭を掻いた。

「どんなことでも仰《おっしゃ》ってください。それがぼくらの仕事ですから」

情けなくも見える笑顔を披露して、土井が促す。

「ここだけが……こういう相談にも真摯《しんし》に応じてくれる部署だと、坂下さんから聞いていますけど……でもちょっと……どう言えばいいのかな」

土井は頷いて、ただ山本を見る。清花も福子も勇も頷く。

返町だけは会話から一歩引くようにして、福子が淹《い》れたお茶を啜《すす》った。

しばらくすると山本は座り直して、口演を始めるように前のめりになった。

「正直にお話しすると、実は、私じゃなくて母なんです。三年前に父が他界して、母もすでに七十代。でも、今でも姉を捜しています。新聞を隅々まで読んで、ネットでニュースを確認し、陰膳《かげぜん》まで……──」

清花は太ももに置いた手を拳《こぶし》に握った。

「──母の実家があったあたりは、もう住む人もなくなって荒れるに任せていたようですが、一帯が開発されるというニュースを母が見て……それが最近のことですが、その晩、姉が夢枕に立ったと言って」

嗤《わら》われるのではないかと、山本は上目遣いに土井を見る。けれども土井の真剣な眼《ま》差《な》しを確認すると、暑くもないのにハンカチを出して汗を拭《ぬぐ》った。

「母は興奮して、夜中に俺を起こしに来ました。そしてこう言ったんです。あの子は死んだ、それを私に知らせに来たと」

土井は深く頷いた。

「ふむ……なるほど──」

と、返町も言う。

「──驚かれるかもしれませんが、警察官はその手の話を嗤いません。こういう仕事をしていると、不思議なことにはよく遭いますのでね……被害者が夢に出てきて自分の遺体が埋まっている場所を教えるとか、犯人の人相風体を告げるとか……刑事をやっているといち度や二度はそういうことに遭遇します。当然ながら証拠にはなりませんがね、夢と知りつつ実直に受け取る刑事は多い。ダメ元で調べたら本当にその通りだったというようなことも、実はけっこうありまして」

そして返町は坂下に訊《き》く。

「その手の話は坂下さんもご存じでは？」

坂下は返町と土井に身体を向けて座り直した。

「知っていますし、信じてもいます。珠々子さんも、自分が埋まっている場所をお母さんに教えたそうです。ご実家の田んぼがあった辺りのようで、目印に丸い石が置かれているとか」

「そうなんですか？」

清花が訊くと、

「はい」

山本は頷いた。

「私が村の駐在をしていたことを、山本くんの母親の淑子《としこ》さんが覚えておられて、それで山本くんが足助署へ訪ねて見えたんですよ。聞けば当時の名刺を大事にとっておかれたそうで……私のほうも珠々子さんのことはずっと気に掛かっていたものですから、退官したらもう一度調べてみようと思っておったくらいでね。それが、あの場所自体がなくなってしまうというときに、珠々子さんが母親の夢枕に立ったなんて聞くと、もう、いても立ってもいられなくなったというわけでした。もちろんこちらへ丸投げしようなんて気持ちもありませんで、取りあえず山本くんと一緒に村があった場所へ行ってみたわけですが……」

「あのころ自分は小学生で、母の実家の場所をよく覚えていませんでした。近くに駅があるわけでなし、車で行って車で戻るようなところでしたから」

「あの……ちょっと訊いてもいいですか」

と、清花は言った。

「その、お母様のご実家があった村というのは？」

「現在は合併して王野瀬町《おうのせちょう》になりましたがね、昔は県境に不破《ふわ》という集落があったそうです。山間部ながら相応に平地が広がっていて、水も豊かなことから種籾圃場《たねもみほじょう》がありまして、その平地に今度、工場が建つわけですな。米農家ばかりだったことから不破という字面を嫌ってソメ村と呼ぶ人のほうが多かったですが、正式名称は不破だったです」

清花は福子に二の腕を突《つ》かれた。班に二件のメールが来たという村だ。

「早く見つけてくれないと『生きていたこともなくなってしまう』と、姉が言ったというんです」

「それでまあ、行くには行ってみたんですがね……」

坂下は困った顔で山本を見た。山本が言う。

「どこが田んぼで、畑だったのか、まったくわからない状態になっていました」

「三十年経っても山の景色は変わりませんが、家は朽ちたり、田んぼが藪《やぶ》になったりで、もう、なにがなんだか……私もね、駐在時代の記憶を頼りに佐久間《さくま》家を探してみましたが――」

「母の旧姓が佐久間です」

山本が補足した。

「――家はまだありました。ただ、農地は森に還《かえ》ったような有様で」

「それで、我々はなにをしたらいいんでしょうか」

と、土井が訊く。山本はすがるような目を土井と返町に向けてきた。

「はい……それですが……姉が無事に戻るとは、正直、もう思っていないのです。母もそうだと思います。だから事件を解決したいとか、真相を知りたいというよりは、母の願いを叶《かな》えてやりたい、それだけなんです。あの場所に本当に姉がいるのか、いないのか、母が納得できるようにしてやりたい」

「つまりは夢に出てきた場所を掘り返したいということですか」

「そうです。本家の土地だったときならともかく、今となっては勝手に掘るわけにもいかないし、地権者とトラブルを起こしたいわけでもないです」

「あの……ちょっといいですか？　たとえばですけど……整地の段階で人骨などが出てくれば、業者さんから警察に通報がくると思いますけど」

福子が挙手すると、山本は意味深な顔で坂下を見た。坂下が言う。

「建前上はそうですが。ただ、必ず通報されるかというと、そうじゃないこともあるのでは、と、私自身は思っています。囲われた敷地内部で起こったことは、外からではわかりません。しかも山の中ですし……つまり、企業は不吉な話を喜ばないでしょう、と思うのです。施主と売主が別で、施主が売主に文句を言えるような場合は、骨が出てきたことで価格交渉などするかもしれませんけど、そこに住むわけでもない工場は心理的瑕疵《かし》物件になりにくいのではと思うのですよ。施主は骨など無視して上物を建てるかもしれない」

「な〜、る〜、ほ〜、ど〜」

と、土井は言い、

「確かにねえ……そうかもしれない……大いにありうる」

と、困った顔で頭を掻《か》いた。

「そんな理由で、敷地の調査が始まる前が最後のチャンスと思っとります」

清花には山本の母親の気持ちがよくわかる。行方知れずの娘が『ここにいるよ』と知らせてきたら、裸足《はだし》で走って行ってでも、素手で地面を掘りたいだろう。

「ちょっといいですか」

またも福子が手を挙げた。

「後ほど報告するつもりでしたが、坂下巡査部長や山本さんの話と関連がありそうなメールを、他にも二件受けたんですけど」

「なんだね？」

片方の眉《まゆ》を上げて返町が訊く。福子は大筋のみを答えた。

「二件とも村の消失と行方不明を重ねた内容で――」

そして坂下に視線を移す。

「――しかも山本珠々子さんとは別の案件のようでした」

返町は土井と視線を交わした。

「坂下さんの駐在時代に別の失踪《しっそう》事件もあったんですか？」

訊《たず》ねたのは土井で、坂下はすぐさま答えた。

「ああ……まあ……実は……オカルトじみて聞こえる気がして黙っていたんですがね、前の駐在も、ソメ村では人が消えると言っていました……」

山本まで驚いた顔になる。

「それはどういうことですか」

と、返町が訊いた。

「私も不思議に思って聞き返したんですが、言葉通りの意味としか教えてもらえませんでした。人が忽然《こつぜん》と消えるのだそうです。新任の駐在をからかうための話と思って気にもしていませんでしたが、珠々子さんの件があったときは思い出してゾッとしました。人が消えても、身代金の要求もなければ遺体も見つからないとかで」

「それは……どういう状況で消えるんですか？」

と、清花は訊いた。勇はさっきからひと言も発しないで、ただ顔を引きつらせている。坂下は首を傾げながら、

「様々です。私が駐在になるかなり前にも、若い嫁が農作業に出たまま帰らないということがあったそうです。ただ、そっちは姑《しゅうとめ》とうまくいっていなかったこともあり、逃げたのだろうと、あまり騒ぎになりませんでした。前の駐在のころには九歳の少女が学校帰りにいなくなり、川でランドセルが見つかったそうでした。下流まで浚《さら》っても、ついに遺体や服は上がらなかったと聞いています」

「その子は田中熒《たなかあかり》ちゃんではないですか？　失踪から数日後に、増水した川の近くでランドセルが見つかったという」

と、福子が訊いた。

「さあ……そんな名前だったかもしれませんが、赴任する前のことで名前までは知り

ません。村に田中という家は二軒ほどありましたが、お孫さんや娘さんが亡くなったという話は聞いていません」

　福子が土井を見て告げた。

「班に来たメールの一件が、女児のお兄さんからでした。一家は事故がきっかけで村を離れたそうですから、坂下巡査部長に心当たりがなくても不思議じゃないです」

　土井は福子に頷《うなず》いて、坂下に訊《き》く。

「事件性はなかったってことですかね？」

「だと思います」

　清花は福子と顔を見合わせた。

「事件性もなく、水難事故で決着したなら、どうしてメールをくれたのかしら」

　清花がつぶやくと、

「うん……まあ、あれだよね。『人が消えちゃう村』とかさ、オカルトを盛ってしまうのもよくないし」

　土井は静かに話を戻した。

「他の事件はともかくですな……工場が建てば道も通るし人も来るしで、あの辺りも賑《にぎ》やかになるでしょう。しかし、私としてはまだ村の面影が残っているうちに、淑子さんが納得できるようにしてあげたいのです。今さら言うのもなんですが……当時の自分は勘として、珠々子さんが村のどこかにいるのではという気がしておりまして……いるというか、まあ、隠されているのではないかという漠然とした感じがね……ただ村というのはどうにもこうにも……人間関係が濃厚な分、コソコソ嗅《か》ぎ回ることもできないわけで。すべて筒抜けですからね。勝手に土地をいじるわけにもいかないし、証拠がないのに捜査に入るわけにもいかず」

「よ〜く、わかります——」

と、土井は言い、

「——駐在さんは注目の的ですしねえ。うまく溶け込めなければ情報ひとつ拾えなくなってしまうんですから、痛し痒《かゆ》しといいますか、どんな部署に配属されても、人に言えない苦労はあります。わかります」

坂下を労《ねぎら》うように微笑んだ。

「相談ですが、当時の捜査資料を見たいと言ったら、可能でしょうか？」

あの情けない顔で坂下に訊くと、坂下は床に置いていた鞄《かばん》から古い手帳を引っ張り出した。付箋《ふせん》を貼った場所を開いて土井に示す。

「駐在時代の手帳です。珠々子さん失踪の電話が入ったところから、いちいち細かく書いてあります。村の駐在ですからね、発見できなかったことは自分の汚点と今も思っているわけですよ」

そして手帳を土井に渡した。

「ご家族が『捜索願』といいますか、今でいう『行方不明者届』を出してますので、そのことも手帳に記載しています。村の管轄も足助署ですが、捜索は二週間程度で打ち切られたと記憶しています。珠々子さんの場合は遺留品なども見つからず、忽然と姿を消した感じでしたが」

「拝借します」

土井がどうするつもりでいるのか、清花らは黙って聞いている。

坂下はおもむろに立ち上がり、

「ここが最後の頼みです」

そう言って深々と頭を下げた。山本も立って頭を下げる。

「夢で見た場所に姉がいなければ、それでもかまわないと思っています。ただ母の願いを叶《かな》えてやりたい……三十年の呪縛《じゅばく》から解放してやりたいんです」

返町が土井の背中をポンと叩《たた》いた。土井は立ち上がって二人を見つめ、ニヘラッと情けない笑顔を作った。

「承知しました。検討して、またご連絡いたします」

会談が終わると、何度も振り返りながら部屋を出て行く二人には返町が付き添って、捜査班だけが残された。

「いやー……トリハダ立ちっぱなしでしたよ、オレ」

客が去ってしまうと、勇が言った。

「なんで？」

清花が訊くと、勇はまたもグミを所望して食べながら、

「え、だって怖くないすか？　娘さんが夢枕に立って『自分は死んだ』と言ったんですよ？　早く遺体を探してくれって」

「それね、返町課長じゃないけれど、警察界隈《かいわい》ではけっこう聞く話だわ」

福子は客の茶碗《ちゃわん》をお盆に戻しながら、

「それで実際にご遺体をみつけた例もあるそうよ。いっそのこと幽霊に捜査協力させちゃうとかも、昭和の刑事が使った手だと」

「マジすか」

福子は勇を振り返り、猫のように両目を細めた。

「限りなくクロなのに口を割らない被疑者がいて、わざと犯行現場近くの留置場へ移したんだって」

「……ええ」

勇は顔を引きつらせている。

「当時の留置場は簡素な造りだったから、夜間に警備室の窓を開け、外が見えるようにしておいて、刑務官を長いトイレに行かせるの。窓の外は草藪《くさやぶ》で、その先がお墓で、犯行現場……現場が見える房をわざわざ探して、そこに被疑者を入れたわけ」

その話なら清花も聞いたことがある。けっこう有名な話のようだ。

「初めはふてぶてしく平気な顔をしていた被疑者だったけど、刑務官がなかなか帰ってこないので、次第に挙動不審になっていく。大声で刑務官を呼ぶけど、だーれもいない。照明も暗い。風が吹いて、墓場が見える……もちろん刑事も刑務官も隠れて様子を見てるのよ？　尋常ではない取り乱し方から、やっぱりこいつが犯人だと確信する。そんなことを続けて数日後、被疑者は泣きながらすべてを自供した」

「……なんで」

と、勇が小声でつぶやく。福子が答えを言うより早く、

「移送されてから毎晩、殺した相手が血まみれでやって来たんだってさ。犯人は恐怖に耐え切れず、なんでも話すからここから出してくれと泣いたんだ」

土井は坂下の手帳から目を上げて、

「こ～わ～い～」

と、勇に笑った。

「普通、人間には良心があるから、嘘をつき通すのは難しいんだ。自分自身すら誤魔

化せるタイプも希《まれ》にはいるけど、強烈な現実を目の前に突きつけられれば、押し殺した罪悪感が亡霊を生む……本物の亡霊だったのかもしれないけどさ」

「やべえ……こえー……」

勇は冷めたお茶をゴクゴク飲んだ。

「だから家族の夢枕に死者が立つというのも根拠があってのことかもしれない。村が消失すると聞いて潜在意識に埋没していた記憶が呼び起こされて、当時は見逃していた些細《ささい》なことが像を結んだ、という可能性はあるよね」

「なー、るー、ほー、どー」

と、勇は土井を真似して言った。

「ボスはどうするつもりなんですか？」

清花が訊くと土井は手帳を伏せて、

「どうしよう……」

と、小さく唸《うな》った。近くへ来るよう人差し指で呼んだので、清花らは席を立って土井の後ろに集まった。伏せていた坂下の手帳を開いて土井が訊く。

「班に届いた二通のメールだけど……内容はどんなだったんですか？」

答えたのは福子だ。

「特に依頼という感じでもなく、一通が愛知、一通が岐阜の話に読めたので、最初はそれらに関連があるとは思わなかったの。二通ともメールが来たのは先週で、さらに来るかもと思ったり」

「どうしてだい?」

土井は上目遣いに福子を見た。

「だって、あり得ないほどタイムリーに坂下さんと山本さんが訪ねてきたから」

福子は自分のスマホを出すと、

「資料室のパソコンはクラウドに接続できないから、スクショしといたわ」

人差し指で操作して土井に渡した。背後から清花と勇が覗《のぞ》き込む。

それはメール画面を撮ったものだった。

——件名:人形玩具研究所様へ
はじめまして。私は田中博次《ひろつぐ》という者です。現在は仕事の関係で青森市に住んでおりまして、青森大学付属総合研究所の文化人類学者、佐藤《さとう》教授からサイトを紹介していただきメールしています。
人形玩具研究所様では民俗学に纏《まつ》わる謎を集めておいでだと聞きました。興味深い話であれば現地調査もしてくださると。
まあ、これは人形とは言えないのかもしれませんが。

案山子《かかし》の話です。

自分の生まれた村では『案山子に山の神が依《よ》る』といって、農作業が始まる頃に山から神をお迎えし、農作業が終わると山に帰すということをしていました。やり方も決まっていて、それをしないと人が消えます。

村で行方不明者が出ると『案山子に獲《と》られた』などと言うのです。

獲られたのは私の妹で、当時まだ九歳でした。


私が生まれたソメ村は愛知県と長野県との境にあって、そこで祖父母や両親、妹弟と暮らしておりました。後に家族は豊田《とよた》市に移住しましたが、その理由が、妹が川に流されたことでした。遺体が見つからなかったことから案山子に獲られたと噂され、水田や畑に案山子が立つと妹に思えてハッとする。家族みんながそうでした。

村は王野瀬町に併合されて、もうありません。王野瀬町は一部が大規模に開発されて大きな工場が建つ予定です。

自分と妹は三つ違いで、妹が川に落ちた日は、友だちと遊びたくて途中から妹を独りで帰らせました。そのことをずっと後悔しています。もはや遺骨が見つかることもないでしょうが、せめてあの場所に村があったこと、案山子にまつわる伝承が残されていたことなどをお知らせしたら、妹や村の記憶もどこかに残されていく気がします。

このメールは、村がなくなるというニュースを聞いて、独りよがりな衝動から書きました。ですからリアクションを強要するものではありません。無視して頂いてもけっこうです。お忙しいところ長文のメールを送りつけてすみません。

読んで頂けただけでも感謝しています。

田中博次拝――

「誠実な文面だ～」

と、土井が言う。そして真面目な口調で付け足した。

「この人にとっては、村がなくなることと妹さんの記憶が失われることは同義なんだね……ご遺体も見つかっていないなら、妹さんがひとりぼっちで村のどこかに残されていると思うんだろうなあ」

「……遺体が出ないというのはおかしくないですか?」

清花は眉間《みけん》に縦皺《たてじわ》を刻んで言った。

「そこだよ。たしかにね」

土井も言う。

「そうっすよ。遺体が出ないって……案山子に獲られるってそういうことすか? それって遺族は堪《たま》りませんよ。今さら遺骨も探せない、できることもないからメールする、その気持ちはよくわかります。いや……これ……」

勇は腕組みをして考えている。

「それで、万羽さんはどう返信したんですか？」

土井が訊《き》く。

「まだしていないわ。土井さんに報告してからと思っていたので」

「さーすが……でも、そうだよな……うーん」

その脇で、清花は自分の捜査手帳を確認していた。

「青森の佐藤教授ですが、よく私たちのことを紹介してくれましたよね」

「だねえ。まあ、すごく人がよさそうだったし……現地と青森は遠いから、人形玩具研究所に丸投げしたとも言えそうだけど」

佐藤教授とは潜入捜査で青森へ行ったときに知り合って、渡した名刺が『人形玩具研究所』のものだった。長期的フォローが必要な事件だったので、今でも研究所のホームページを福子が管理し続けている。

「土井さんに報告するつもりで、不破集落で小学生が行方不明になった案件を調べてみたのね。そうしたら田中癸ちゃんという九歳女児の記録があって、これがたぶんメールの話。事故が起きたのは一九八八年の九月で、坂下巡査部長が駐在さんになる前ね。先輩の駐在さんから聞いた事件もこれだと思う。一応ね、水難事故についても調べてみたら、急流の沢には川床が変形して深く抉《えぐ》られた部分があったりするから、運悪くそこに巻き込まれると、遺体が上がってこないことがあるそうよ」

「ふうむ」

と、土井が顔をしかめる。

「水難事故は間違いないのね……」

清花が言うと、勇が答えた。

「遺体が見つからないってところが問題なんじゃないすか？　家族だって心の整理が付かないですよ」

「そうよね。わかるわ」

福子は土井の肩越しに手を伸ばし、また画面を操作してから先を続けた。

「もう一件のメールはこちら。阿久津《あくつ》さん経由で班のアドレスに直接来たの。不破集落・通称ソメ村は、愛知、岐阜、長野と、三県の県境に位置していたのね」

——件名：ヤマヒト伝承研究会の土井様へ
こんにちは。篠本《ささもと》フミ子《こ》と申します。突然のメール、失礼いたします。こちらのアドレスは女性支援施設エフの阿久津さんから伺いました——

「なんすか？　ヤマヒト伝承研究会って」
と、勇が笑う。
宛名《あてな》のヤマヒト伝承研究会は、阿久津が作った架空の会だと思われた。阿久津とも
やはり捜査で知り合い、その後も交流が続いている。責任感があって頭のいい人物だ
から、清花らが警察官の身分を隠して捜査することに配慮して、架空の会に宛てたア
ドレスとしたのだろう。
「あ、そういえば――」
土井が素っ頓狂《とんきょう》な声を出す。
「ちょっと前に阿久津さんから電話があって、アドレスを教えていいかと聞かれた気
がする……あ、そうだ。それでヤマヒト伝承研究会ってのを考えたんだ……」
「それホント？」
福子はギロリと土井を睨《にら》んだ。
「ま〜ず〜い〜……うっかりすっかり忘れていたぁ」
「報告連絡相談《ホウレンソウ》はきっちりやっていただかないと、どうも変だと思ったのよ。阿久津
さんがこっちに連絡もなしに誰かにアドレスを教えるなんて」
「ごめんごめん、ぼくのミスだよ」
マンバ福子がヤマンバ福子になるのが怖くて、土井は擦り手で謝っている。『堪忍

して』と命乞《いのちご》いする小動物のようで緊迫感がある。
メールの続きはこうだった。

――私は今年七十四歳。日光市《にっこう》にある『エフ』で働き始めて半年ほどです。五人きょうだいの末っ子で、長姉とは歳が十八も離れています。母も長姉も結婚が早かったので、姪《めい》に当たる長姉の娘とは歳がひとつしか違いません。私たちは岐阜県岩村町《いわむらちょう》の生まれですが、長姉は縁あって、昭和の末まで県境にあったソメ村という集落へお嫁に行きました。収穫量は少ないですが、おいしいお米が穫《と》れる地域で、嫁ぎ先も立派な米農家でした。カカシばかりの村です。

この姉が昭和二十七年に突然姿を消しました。当時まだ二十一歳で、姪は二歳になったばかり、お腹に次の子がいたそうです。畑の帰りに作物を積んだリヤカーだけを残して消えたのですが、未《いま》だに行方は知れません。

嫁ぎ先は本家に縁組みを勧められて、すぐに後妻を迎えました。当時三歳だった私には長姉の記憶がほとんどありません。ただ、後妻と折り合いが悪かった姪を実家で頻繁に預かっていたこともあり、姪とは親友と言っていいほど仲がよいです。

その姪が、実は長くないのです。せっかく慣れてきた施設のお仕事ですが、後任の方が決まり次第、ここを離れて姪の面倒を見ようと考えています。

そんな姪に今生の望みはあるかと聞きましたところ、母親が自分を捨てた理由を知りたい、ソメ村へ行ってみたいと申します。ところが村はすでになく、嫁ぎ先にも長姉の墓はなく、村があった場所も近々開発される予定です。阿久津さんにそんな話をしたところ、信頼の置ける相手として土井さんを紹介してくれました。

だからといってなにをお願いしたらいいのか、自分でもよくわかっていません。阿久津さんからは、調査能力がすごい人なので相談に乗ってくれるだろうと言われただけです。それで、このようにとりとめのないメールをしたためています。

ご無礼があればお許しください。私にできることが何かあるなら、余命半年となった姪のために、なにをすればよいのか教えてください。乱文何卒《なにとぞ》ご容赦を。

篠本フミ子拝――


「えええ……」

と、勇が妙な声を出す。

メールについては福子から聞いていた清花も、さすがに眉《まゆ》をひそめた。

「マジかー、失踪《しっそう》したのが昭和二十七年って――」

「さすがにぼくも生まれてないな」

と、土井が言う。

「――戦後っすよね？」

「終戦は昭和二十年、つまり一九四五年だから、すでに七年経ってるわ。調べてみたらエリザベス二世が即位して、サンフランシスコ平和条約が発効して、琉球《りゅうきゅう》中央政府が発足して、世界初の水爆実験が断行されて、ロンドンの大気汚染で数千人が死亡していた。『アンネの日記』が刊行されたのもこの年よ」

聞いて清花がピンとくるのは琉球中央政府の発足と、アンネの日記くらいのものだ。ソメ村ではそれほど前から人が消えていたのだろうか。

「ヤだなあ……案山子《かかし》のイメージ変わっちゃうもんなあ」

と、勇がぼやいた。

「一本足に『へのへのもへじ』で麦わら帽子。カラスや雀と仲良しっていうイメージしかなかったのに」

「私もよ」

同感だ。人が案山子に獲《と》られるって、それは一体なんなのだろう。

「ちなみに、消えたのは全員女性かな？」

唐突に土井が訊く。

「そういえば確かに……今のところは全員女性じゃないすか？――」

勇は指折り数え始めた。

「――十四歳で消えた山本さんのお姉さん、水死した九歳の女の子、嫁姑《よめしゅうとめ》問題で家出したかもしれない若妻に、篠本さんのお姉さん……他の失踪者はどうなんですかね」

「そもそも村で失踪事件は何件くらい起きたのかしら」

「そうだよなあ……返町にしてやられた感はあるけども、これはやっぱり調べてみますか」

土井は大きな目をしばたたきながら、外したメガネをシャツの裾《すそ》で拭《ふ》き、かけ直して坂下の手帳を持った。

「まだざっと目を通しただけだけど、手帳を見ると駐在時代の坂下さんは迷子や事故でなく拉致《らち》監禁を疑っていたようだ。奇異だとメモに残している」

「奇異ってどういうことですか」

清花が訊《き》くと、土井はメガネの焦点を合わせて手帳を見ながら、

「珠々子さん失踪について、盆踊りの終了が午後九時ちょうど。その後、母親と叔母《おば》は会場の片付けの手伝いに残り、珠々子さんは村の人たちと一緒に自宅、つまりお母さんの実家へ向かった。村内の状況がわからないけど、都会ではないし、周囲が米農家でもあるから、家と家とは離れていたのかもしれないね。自宅近くまで村の人は珠々子さんが独りになるのを見ていない……ここに地図がある」

そして手帳をテーブルに載せた。坂下の手帳には盆踊り会場から佐久間家への簡単な地図が描かれていた。途中に何軒か家があり、佐久間家の先にも家がある。ただ、家々は周囲を農地で囲まれているため、どの家へ向かう場合も農地を通る。大通りまでは連れがいたとして、そこから先は珠々子が独りで帰ったはずだ。

「距離にしてどのくらいかな――」

と、勇が言った。

「――田んぼや畑は見晴らしがよさそうだけどなあ」

「わりとそうでもないかもよ」

清花も言った。

「母の実家が長野で、田んぼも畑もよく見るけれど、作物によっては見晴らしが悪いわ。八月だとまだキュウリやトマトがあると思うし、ツルの野菜は背が高いから……収穫前の稲だって腰の辺りまではあるんじゃないかな」

「農作業小屋で待ち伏せもできるだろうしね」

「わー……そうかあ――」

勇は難しい顔で首を傾げた。

「――街灯だってあるのかないのか……たしかに田舎は暗いもんなあ」

「そのあたりのことは坂下巡査部長も調べたと思うわ。昔の捜査手帳を大事に持ってるくらいだもの」

みんなで手帳を覗《のぞ》き込む。地図には所々にマッチ棒のような印があって、それが街灯だとすれば、大通りから佐久間家へ通じる農道にはひとつもない。

「だけど、女の子が襲われたりすれば咄嗟《とっさ》に悲鳴を上げるんじゃないすか？　そうでなくても夜道は怖いし」

「不審な物音や悲鳴を聞いたという証言はないんだよ」

「丸山くんの言うとおりよね。あと、農家は扉を開け放っているイメージがあるわ。特に夏の間は……祖母の家なんか、まるっと縁側を開けていたわよ。叫び声がすれば聞こえたと思う」

「だね。坂下さんもそう書いている」

「そのあたりが『奇異』なんすかね」

「悲鳴もなく拉致されたなら、私だったら顔見知りの犯行を疑うわ」

「家族か近所の人ってことすか？」

「それだけど、ボーイフレンドがいたってことは考えられない？……盆踊りのあとで待ち合わせをしていたとかは」

「ありうるねえ――」

土井は無精髭《ぶしょうひげ》をいじっている。

「――そうは言っても村のことだし、若い男女は目立つしなあ。男友達がいたのなら、村の誰かが噂をしてもいいはずだ。ところが弟の山本さんも、珠々子さんの男友達については言及していないよね」

「あ……なんか、わかってきたかも」

と、清花が言う。

「坂下巡査部長が言うとおり、村の痕跡《こんせき》があるうちでなければ再検証は不可能で、最後のあがきをするなら今しかないのね。村と一緒に痕跡すべてが消えるんだから」

「ですね」

勇は頷《うなず》き、福子は無言で土井を見た。土井は耳の後ろを掻《か》きながら、

「返す返すも返町の思惑通りで悔しいけどね――」

と、ニヤニヤ笑った。

「――チャンスの神様には前髪しかないんだってさ。パッとつかんでしまわないと、後ろ頭はツルツルで、あっという間に逃げていく。失踪者の家族が言うように、これが最後のチャンスなんだね……皆さんはそう思いませんか」

「思うわ」

福子が手を挙げたので、清花と勇もそれに倣った。

「もうね……たとえ骨の欠片《かけら》でもいいから、見つけて帰してあげたいわ。その場合に

鼻高々になるのはまたも返町課長なんだけど、私はそれでもかまわない」

「万羽さんの言うとおり、ここはそういう班ですもんね」

清花は土井と勇の顔を見た。申し合わせたように力の抜けた服装の二人はやはり力の抜けた表情で、けれど目だけは前向きに、生き生きと輝かせているのだった。


今後について話し合うため、福子は仕事用のノートパソコンを取りに出て行った。使用を許された会議室は、壁に絵画が飾られているだけでなく観葉植物もあり、椅子は座り心地がよくてキャスターの滑りも抜群だ。清花と勇はテーブルを二台向き合わせにして両側に椅子を二脚ずつ置き、簡単な会議スペースを作った。その間に土井が湯飲み茶碗《ぢゃわん》を片付けて、自販機の飲み物を買ってきた。清花と土井はブラックコーヒー、勇はカフェオレで福子は紅茶だ。

福子が戻ると一同はさっそく席に着き、清花はポケットからグミのケースを取り出した。勇に渡すと彼は色違いで三粒を取り、福子に回して二粒が消費され、珍しく土井まで一粒つまんだ。最後に清花がメロン味を口に入れ、ケースをしまってボスが話し始めるのを待った。

「スマホで確認してみたら、不破集落はたしかに三県の境に位置していたようだ。ぼくは村の存在を知らなかったし、失踪《しっそう》事件の噂も聞いたことはない。足助署の管轄範囲は広いから、平和な地域だったとわかる。犯罪率が高い場所では管轄区域が狭まるからね。でも実際は集落でちょくちょく人が消えていた、と」

土井はかつて警視庁の精鋭部隊にいて、第一線の事件ばかりを追っていた。そんな彼が地方の話を知る由もないのだが、事件とも事故ともつかぬまま、こうして忘れ去られていく事案は案外多いのかもしれない。

「現状わかっているところでは、昭和二十七年に起きた篠本さんのお姉さんの失踪がもっとも古い。それより前の事案はあるか、それ以降現在に至るまでの失踪は他にもあるか、これは万羽さんに調べて欲しい」

「わかったわ」

と、福子は答えた。

「さて……」

と、土井はテーブルの上で指を組む。そして三人のメンバーを順繰りに見た。

「先《ま》ずは話を整理しますよ？　依頼者は山本秀哉さん。他に二件のメールも来てるけど、そちらは一旦《いったん》置いておく……で、山本さんが求めているのは単純なことだ。母親の淑子さんが夢で見た場所を掘削し、人骨が埋まっているかどうかを調べて欲しい。そうだよね？」

清花らは一様に頷いた。

「その場所には石の目印があるというから、まあ……集落の地図を手に入れて淑子さんに場所を確認してもらい、現地で石を探して掘ってみればいいわけだけど……」

「地権はすでに半導体の企業に移っている。そこがひとつ問題だわね」

と、福子が言った。ノートパソコンを開いてネットに接続している。

「企業ニュースを見てみると、着工は今年の秋と書いてある。工事のためには先に道路を造るだろうから、現場に手が入るのは来年かしら……今ならまだ間に合いそう」

「掘ってみたいと、企業に直接問い合わせますか？」

清花が訊《き》くと、土井は右手をちょいと挙げ、

「その場合でも作戦は必要じゃないかなあ」

誰にともなくつぶやいた。

「坂下さんじゃないけども、『予定地に人骨が埋まっているかもしれないので掘らせてください』と言ったとして、それはものすごーく、失礼だよね」

「警察、今まで何してた？　ってなりますよ」

と、勇が頷く。

「本当に埋まっているという証拠も根拠もないわけだし、要請も、今のところはできないわ。だから返町課長はうちに話を振ってきたのよ――」

大真面目な顔で福子は言った。

「――知ってる？　うちの班は最近本庁で噂になってるの。成果を上げないのに難問は解決するって不思議でしょ。返町課長は鼻高々で、だから依頼者を連れて来たのよ。こんな……」

　と、会議室を見回してから、

「いい部屋に招いたりして」

　土井に対してドヤ顔を向けた。対して土井は情けない表情を崩すことなく、

「掘削許可を得る前提で、企業にも山本さんたちにも迷惑がかからないようにするにはどうするか……そ〜こ〜が、問題だ〜」

　眉尻《まゆじり》を下げて考えている。そして、

「意見は？」

　と、三人に訊いた。

　清花らは天井を睨《にら》んだが、やがて福子がパソコンでなにかを調べて言った。

「残念……ソメ村のあたりは埋蔵文化財包蔵地じゃないわ。そうなら掘っても当然だったのに……あ、でも、もともと発掘調査の対象場所なら、うちへ相談に来る必要もなかったわけか」

「んじゃ、地質調査ならどうですか？」

　と、勇が訊いた。

「それは企業が済ませたはずよ。その結果、建設を決めたと思うわ。それに建築予定地の地質調査は専用の機械でやるわけで、広範囲に掘ったりしないもの」

「そうかー……なら、農地の利用状況調査と言えば？」

「どうなのかしらね」

　と、福子は答えず土井を見る。

「遊休農地の利用意向調査は農地法に基づいて行う制度で、そもそも地面を掘ったりしないよ」

「やっぱり民俗学的調査が妥当じゃないかしら？」

　軽く手を挙げて清花は言った。

「メールには案山子《かかし》の風習みたいのが書かれてました。希有《けう》な例だから、村があるうちに調査させて欲しいと話すのはどうですか？　なんなら企業にもメールを見せて、消えていく村についてまとめているとか、そんな理由で現地へ入り、偶然石を見つけたことにして下を掘る。民俗学者としては自然な行動だと思うんですけど」

　福子と勇は無言で頷き、

「……たしかに……」

　と、土井は答えた。

「俺はいい案だと思います。それなら誰も傷つかないし、企業側も元住民の心証に配慮したというメリットが得られるし。企業のイメージ戦略は大事ですから」

「なら今回も『人形玩具研究所』を使うかい？　案山子も、まあ……人形ではあるよねえ」

「玩具《がんぐ》じゃないっすけどね」

「無理がある気はするけれど」

と、福子が清花の顔を見る。考えて、清花は言った。

「青森大学の佐藤教授のことを思い出していたんですけど、研究者って純粋なオタク気質ですよね？　だから、案山子だって人形だ！　みたいな感じで十分行けると思います。要するに興味があればどこへでも……そういう感じで持っていったら」

「な～る～ほ～ど～」

と、土井が言う。

「万羽さんと勇くんは佐藤教授に会ってないからわからないと思うけど、佐藤教授は好奇心の塊って感じの先生で、件《くだん》の人形についても気味悪いとかおぞましいという反応は皆無だったよ。話し始めると止まらないんだ、これが」

「あんな感じで調査依頼ができれば、人形玩具研究所でもヤマヒトの会でも関係ないんじゃないかしら」

「佐藤教授を参考に……うん……」

土井はしばらく考えてから、

「それでいきますか」

両手を組んで天井を仰ぎ、自分自身にそう言った。

旧ソメ村へは民俗学者として潜入する。それが、会議で決まったことだった。

第二章　消えていく村

旧ソメ村に工場を建設する企業は、名古屋《なごや》市に本社を置く『Mネスト』だ。四月二十日の正午過ぎ。福子が本社の総務にアポイントメントを取り付けて、土井は佐藤教授に倣ったラフなスーツで、清花は福子に勧められたタイトスカートで、名古屋駅に降り立った。

自然で普通の服装がどういうものか、清花は考えすぎてわからなくなることがある。刑事のときはずっと汎用《はんよう》スーツだったし、張り込み時も変装はせずに陣頭指揮を執ってきた。それがこの班に出向したらラフな遊び着を推奨された。ようやくそれにも慣れたところで、今度は『研究者の日常着』である。福子のアドバイスがなかったら、気取って悪目立ちするコーディネートをしていただろう。

土井の斜め後ろを追いかけながら、ショーウインドウに映る自分の姿を確認した。ブラウスにジャケットにタイトスカート、目立たないけどきちんとした印象を与える服装はこういうものだ、とインプットする。刑事の匂いが染みついてしまった清花には、気配を消すのが難しい。対して敏腕捜査官だった土井はいつも『自然』だ。なにを着ても様にならず、他人に警戒心を抱かせない。今もよれた斜めがけポシェットに手土産が入った紙袋を下げ、やや猫背になって先を行く。ラフな遊び着のときも、汎用スーツでいるときも、同様の雰囲気を醸し出す。それでいて、ここ一番の時は刺すような気配も放つ。しょぼくれたオジさんの土井から学ぶことは、あまりに多い。

晴れて気持ちのいい日であった。駅前でタクシーを拾ってMネストの本社ビルへと向かい、約束の十三時半少し前には名古屋丸《まる》の内《うち》のオフィス街でタクシーを降りた。角地にあるそのビルは、磨き上げられた窓の上層部分に景観を映して、青空と同化するように建っていた。三階までは商業施設として貸し出され、それより上がオフィスだ。エントランスロビーで案内板を確認し、清花らはエレベーターで上階へ向かった。

受付カウンターで来訪理由を告げるとすぐさま女性社員が現れて、総務部の名刺をくれた。清花らが持参した名刺は福子がプリンターで作ったものだが、彼女は恭しく受け取ると、オフィス内の通路を通って応接室へと招いてくれた。

先ほど青空を映し込んでいた窓の外に通り向かいのビルが見える部屋だった。巨大なラバーウッドのオフィステーブルがひとつ、左右に椅子が四脚ずつ、大きめの観葉植物とモダンアートを入れた額、他にオープンシェルフが一つだけある部屋は狭いながらも洗練されて、居心地がよさそうだった。

「こちらでお待ちください。担当者を呼んで参ります」

女性は窓側の椅子を勧めると、土井の名刺を持って部屋を出て、社名入りのブレザーを着た中年男性と戻って来た。清花らは立ち上がって会釈した。

「いやいや、お待たせしてすみません」

男性は土井の名刺をテーブルに置き、自分の名刺を配ってくれた。

株式会社Mネスト総務部部長・峰村聡志《みねむらさとし》と書かれている。椅子に座るよう促されたタイミングで土井が手土産を出す。本来なら紙袋を外して渡すべきだが、袋ごと渡すという無頓着《むとんちゃく》な仕草で、するりと相手の懐に入り込む。

「こちらこそ、お忙しいのにお時間を頂戴《ちょうだい》して感謝です。これはつまらないものですが……と言いつつ個人的好物の東京土産で……お口に合うと嬉《うれ》しいのですが」

おっかなびっくり土井が差し出す紙袋を恐縮して受け取りながら、彼は中を覗《のぞ》いて笑顔になった。持って来たのは『東京ばな奈《な》』という菓子だ。

「ああ、これ、美味《おい》しいですよね。私も大好きですよ、ホントにどうも」

お茶を持って立つさっきの女性に袋を渡す。

「ありがとうございます」

彼女はお茶のお盆をテーブルに載せると、土産を受け取って脇に置き、

「みんなで頂戴いたします」

と、ニッコリ笑った。清花らが座るのを待ってお茶を配ると、お盆を小脇に抱えて丁寧に紙袋を持ち、会釈して部屋を出て行った。

ドアが閉まるのを待ってから、峰村はテーブルに載せた土井の名刺に目を落とす。

「王野瀬町の工場建設予定地を調査したいそうですね」

「はい」

と、土井はニコニコ頷《うなず》いた。

「人形玩具研究所さんの調査とは……たとえばどういう？」

土井はメガネを持ち上げた。

「調査期間は十日程度を予定していまして、その間、敷地内を自由に歩き回る許可を頂きたいのです」

「歩き回ってなにかわかりますか？」

「はい。実は……」

背筋を伸ばして峰村の顔を真っ直ぐに見る。

「人形玩具研究所では、日本各地にかつてはあって、消え去っていく風習や伝承などを、ヒトガタや玩具に照らして記録保存するということをやっています」

「それはどういう」

まったく意味がわからん、とでも言うように、峰村は眉《まゆ》をひそめて首を傾げた。

土井に目配せされて清花は書類ケースからプリントを出した。向きを直して峰村に渡す。用意してきたのは、秋田の『なまはげ』や津軽《つがる》の『サンスケ人形』、岩手の『オシラサマ』などの写真である。

一見不気味なそれらの写真を、峰村は興味深げに眺め始めた。

「ひとくちに人形といっても様々で、愛玩《あいがん》用に限らず、目的があって作られるものがあるのです。『なまはげ』は男鹿《おが》半島に伝わる行事として有名ですが、その裏には、厳しい自然の中で助け合って生きなければならない事情と、そのコミュニティを支える知恵が満載です。『サンスケ人形』はヤマゴと呼ばれる人たちが山仕事をするとき持参したもので、山の神の怒りに触れないよう、山小屋に掛けておきました」

「ふむ……面白いですな。身代わりのようなものですか？」

「山の神には十二人の子供がいるとか、十二という数字と深いつながりを持つと信じられてきました。だから山仕事をする人は、その数字を神聖なものとして避けたんです。十二が付く日に山に入れば事故に遭うとか、死人が出るとかですね。誕生や不幸によって、はからずも家族が十二人になってしまったときは、サンスケを十三人目の家族として自宅に置いた……同様に、どうしても十二人で山に入らなければならないようなときには、サンスケ人形を連れて行って十三人目としたんです」

清花が脇から説明した。相手の瞳《ひとみ》を覗き込まないよう、やや伏せ気味の視線を送る。

「命がけの仕事だからこそ、一概に迷信と笑えないところもあったのでしょうな」

「民俗を知ることは、土地に暮らした人々の生き様を知ることです。こんなに面白い学問はありません」

ニコニコしてから、一呼吸置いて土井が切り込む。

「王野瀬町の建設予定地ですけども、かつてはそこにソメ村と呼ばれた集落があったそうなんですよ」

「そうですな。町に統合されたという話は存じています」

「そのソメ村にあった独特の風習について、会のホームページに連絡をくれた方が複数いまして……その方々はたまたまニュースで工場建設の話を知って、メールをくれたようでした」

「なるほど」

と、峰村はプリントをめくりながら言う。

「主には案山子《かかし》の話です。農繁期には山の神を迎えて案山子に降ろし、収穫が終わると儀式を行って山に帰していたそうで、一連の行事の痕跡《こんせき》が、土地にまだ残されていると言うんです」

「そうですか……それはどんな痕跡ですか？」

「石で田んぼに印をしたそうです。それを調査に行きたいのです」

「何人くらいで？」

と、峰村が訊《き》く。

「多くて三人程度。主にぼくと彼女です」

峰村は持っていたプリントをテーブルに載せ、お茶を引き寄せてズルズル飲んだ。

「あそこはまだねえ……工事用道路を造る準備を始めたばかりで、相当な山ですよ？田畑も草ボウボウで……あれを調査するといっても……」

「慣れてますので大丈夫です」

土井はニッコリ笑って言った。

「ぼくたちは旧ソメ村の地図に照らして現地へ入り、調査結果を資料にしてから、村の住人だった方々を巡って伝聞を収集していきます。現状の写真も撮らせて頂いて、消えていくばかりだった集落が新たな企業拠点として生まれ変わっていくことを含め、すべてを記録に残すつもりです。時代は恐ろしい速さで進んでいますからねえ。記録しないと、かつての生活や営みすらも忘れられていくわけで」

「それはまあ……生まれ故郷というのは特別ですしね……わかりますよ」

峰村はテーブルに載せたオシラサマの写真を指した。

「これは木の棒みたいに見えますが、雛人形《ひなにんぎょう》のように着物を着ているというのが、なんとも不気味ですなあ」

　これも清花が解説をした。

「それは遠野《とおの》地方などに伝わる養蚕の神で、オシラサマと呼ばれます。ご神体は二体一対で、桑の木で作られることが多いです。ただ祀《まつ》っておくだけでなく、食べさせたり、遊ばせたりするんです。そのとき予言を知らせることから、『お知らせ様』がなまって『オシラサマ』と呼ばれるという説もあります。一度拝むと一生拝み続けなければならないので、家を継がずに出て行く者には最初から拝ませないとか、独特の風習を持つ神です」

「なるほどねえ、面白いですな」

「そうですね」

「つまり、なんですか？　同様にして知られざる風習があの場所にもあって、消えかけていると……こう仰《おっしゃ》るわけですか」

「はい。ぼくらがそれを知ったのが最近ということもあり、しかも極めて貴重な話ですから、こんなタイミングで申し訳ないのですが、まだ村の痕跡があるうちに調べさせていただきたいのです」

「ふむ。まあ、それはいいんですが」

　峰村はまたお茶を飲み、少し考えてから土井に視線を向けた。

「実はですなあ……」

茶碗《ちゃわん》を茶托《ちゃたく》に戻して一呼吸する。

「……結論から言いますと、十日程度で終わるというのであれば、敷地に入っていただくことはかまいません。まだなにも始まっていませんし、黙っていても勝手に入れるところを、わざわざこうして挨拶《あいさつ》に来てくださったわけですし」

「ありがとうございます」

「ただね、あそこにはまだ住んでる方がおられるんですよ」

「え？」

それは初耳だったので、土井と清花は視線を交わした。

「用地買収は済んでいない？」

ビックリした顔で土井が訊くと、「いや」と峰村は苦笑した。

「工場予定地の買収は完了しています。ただ、用地の外れにね、一軒だけ、今も農家がありまして……ご高齢の男性が母親と暮らしておいでと聞いてます。お話はしたんですがね、村を開拓した一族なので、お母さんも息子さんもあの場所に骨を埋《うず》めたいと仰って、立ち退きは拒否されました。予定地より山手の敷地で工事に支障はないんですけど、一応ね、こちらも誠意を見せたわけでして……そんなこんなで、お宅が残されておるんです。山の斜面にご自宅と田畑とで二千坪くらいはありますかねえ……

予定地を見下ろす感じにあるので、行けばすぐわかると思いますけど」

「そうだったんですか――」

と、土井は言い、

「――ご高齢というならむしろ、その方から貴重な話を聞けるかもしれない」

嬉《うれ》しそうな顔を作って頷《うなず》いた。峰村も軽く頷いて、土井の瞳を覗《のぞ》き込む。

「私どもとしましては、『調査に入って頂くのはかまわないが、その方とトラブルになるようなことはしてほしくない』と考えています。だからこれはあくまでも、弊社が承知したというよりは、調査の主体は土井さんたちであることを徹底していただきたい。そーっと入って、そーっと調べて、そーっと出て行っていただくのが一番望ましい。当然ながら弊社では一切の責任を負いかねます」

「ごもっともです。承知しました」

と、土井が言う。

峰村は背中を伸ばして、土井や清花の後ろに目をやった。大きな窓から見えるのは、四角が重なる都会の景色だ。

「消えていく村の記憶を残したいと望む一番の当事者は、たぶんその方たちでしょう。あそこに残って工事の進捗《しんちょく》を見守るつもりかもしれないですし」

「たしかに仰るとおりですねえ」

土井は再び頷いてから、

「ちなみに、その方のお名前はご存じですか？」

と、峰村に訊いた。

「あー……なんだったかなあ……ちょっと待ってくださいよ」

立ち上がって内線電話を取り、どこかへかけて、こう訊いた。

「あのさ、王野瀬町のさ、今も現場に残ってる人の名前はなんだったっけ？」

しばらく話をしてから戻って来て言う。

「ええっとね……世帯主が塚田吾平《つかだごへい》さんで、お母さんが衣子《きぬこ》さん。ご本人が八十幾つで、お母さんは百歳を過ぎているそうですよ。水も空気もいいところだと、元気で長生きできるんでしょうな」

清花がそれをメモしていると、峰村はさらに続けた。

「吾平さんは独り身で、お子さんもおられない。いや、これは行政から聞いた話ですけども——」

つまり二人が亡くなれば、土地は行政のものになるということだろうか。峰村は、それだから敢《あ》えて立ち退きを迫らないのだと、ほのめかしているようだった。

「——その方も、先祖伝来の土地を自分の代で人手に渡すのは厭《いや》なんでしょう。他の人たちが村を捨てても自分たちは出て行かない。あと、理由の一つに共同墓地がある

という ことでした。塚田さんが今も管理をしているそうで……まあ、文字通り最後の住人なんですなあ」

「決してご迷惑をおかけしないようにします」

「くれぐれも頼みますよ」

報告書がまとまった場合は目を通したいと峰村は言い、企業PRになりそうな報告があれば活用させて欲しいと付け足した。捨てられた村の再生事業は、企業のイメージアップにも繋《つな》がるだろうと。

「もちろんです」

と、土井は請け合い、友好的な雰囲気のままに会社を出た。

再びエレベーターで一階へ下り、商業スペースのカフェで一休みした。共にアイスコーヒーで喉《のど》を潤し、しばらくすると土井が言う。

「万羽さんに電話して、佐藤教授の著書を買ってもらおう」

平日の昼下がり、カフェには女性客の姿が多かった。どの人も『自然で普通』のおしゃれをして、デザートやお喋《しゃべ》りを楽しんでいる。

「どうしてですか?」

清花が訊くと土井は答えた。

「その本を峰村さんに贈るんだ。ひとつは文献を見せて仕事をやりやすくするため。

ひとつは佐藤教授へ情報提供のお礼の意味で。学者はけっこう本を出すけど、在庫も抱えるそうだから、著書が欲しいとお願いすれば、あちらも嬉しいしこちらも助かる。仕事はギブアンドテイクが鉄則だからね」

ブラックのアイスコーヒーをズズと飲んで、さらに言う。

「本を贈れば峰村さんが会社に説明しやすくなるよ。こういう学術書の調査のために、人形玩具研究所なんていう人たちが現地に入ると言える……あと、最後の住人にプレゼントするのもいいかもしれない。会話のきっかけになるからね」

「たしかに。じゃ、調査予定表とかも作って峰村部長に送りますか？」

「いや、やり過ぎるのもよくないよ。最終報告書は作るとしても、今日のお礼と、いつから調査に入りますというのと、終了のメールだけすればいい。あとは起工式に花束の一つも贈っておこう。そうすれば峰村さんの顔も立つだろう」

清花は土井に頷いた。

「そういう気配りを、ボスはどこで学んだんですか」

「気配りかなあ……普通のことだと思いますけど？——」

土井が苦笑するので、清花は自身を省みて少し凹《へこ》んだ。

「——今回、互いの呼び名は『土井さん』『鳴瀬さん』でいこう。『ヒトシおじちゃん』『サーちゃん』でなく。あと、勇くんが村の地図を入手したというから、山本さんのお母さんに掘る場所の確認をしてもらい、ぼくらが場所を特定できた時点で彼に応援に来てもらう。休耕田は葦《あし》が生えやすいんだってさ。そして葦が生えると容易に土を起こせないそうだ。重機を持ち込むわけにもいかず、手で掘る場合は相当の覚悟がいるようだから」

「私たち若者の出番ですね」

「そういうこと。サーちゃんもぼくより若いし」

土井が笑った。指揮官時代は現場作業を部下に任せ切りにしていた清花だが、土井は警視庁捜査一課の指揮官だったときでさえ、現場を這《は》いずり回っていたという。部下と一緒に現場に入って指揮することが正しいと思っていた土井は、自分とはまったくタイプの違う指揮官だった。けれど、土井はこうも言う。

それで上手《うま》く行く部分もあったけど、そうでない部分もあった。結果として上官には煙たがられ、部下には変人扱いされたのだと。

「穴掘りかー……──」

と、清花はつぶやく。

「──いいですね、やったことないけど挑戦します」

土井はギョロリと目を回し、ニヤリと笑ってコーヒーを啜《すす》った。

佐藤教授はすぐさま本を送ってくれた。どれも面白そうだったわよと福子から電話があったとき、清花と土井は捜査本部代わりのキャンカーで出発準備を整えていた。

バッテリーを充電し、貯水タンクに水を入れ、飲料水を積み込んで、調味料、コーヒー豆、ペーパーフィルターや洗面道具、調理用ガスなど様々なものを確認、補充、整頓《せいとん》していく。土井が一人でやってきたこれらの作業を、今では清花も率先して行う。潜入捜査に慣れるに従い、工夫したいと思うところが色々出てきたせいもある。土井に任せるとインスタント麺《めん》ばかりの食事になってしまうところを改良したい。一番は、義母《はは》に『骨川筋右衛門《ほねかわすじえもん》』と呼ばれている土井の食生活を改善したいと思うのだ。

土井がキャンカーを停めているのは警察庁本部ではなく、販売店がユーザーに貸し出している専用駐車場で、板橋《いたばし》区にある。比較的安価に経費を抑えられることもあり、都心に暮らすユーザーはここで車を乗り換えてそれぞれの旅へ出発するのだ。給排水設備が整った駐車場には真新しいキャンピングカーが並んでいて、年季の入った土井の車はひときわ異彩を放っている。ベース車は平成十二年式のトヨタコースター。グレーと白のツートンに観光地のステッカーなどを貼ったバスコンで、幼かった土井の子供たちが旅行先の名前を油性ペンで記した落書きなども残されている。

「Mネストの峰村部長には万羽さんから本を送ってもらうとして、村へ持って行く分は勇くんが届けに来てくれるそうだよ」

福子との電話を切って土井が言う。車内がほぼ片付いたので、あとは食料品の調達だけだ。出発は月曜日。今回は清花も生鮮品など用意して持ち込む予定だ。

勇の到着を待つ間、土井が車内で豆を挽《ひ》いてコーヒーを淹《い》れた。その間に清花がカーナビで旧ソメ村へのルートをチェックする。

「中央道《ちゅうおうどう》経由で四時間半、東名《とうめい》高速経由で五時間以上、どっちにしても遠いですね」

「山から行くか、海から行くか……根羽村を通るには東名を使う方が便利だから、時間はかかってもそっちのほうがいいかもね」

根羽村には依頼人の山本が住んでいる。

「母親の淑子さんとも会えますね」

「あとはこの車で行けるかどうかだ」

カーナビ推奨のルートをメモすると、土井はノートパソコンを開いて道の様子を検索した。山間地には道の狭い場所もあるため、カーナビ任せでうっかり進むとひどい目に遭う。事前確認は常に必要だ。

チタン製のマグカップでコーヒーが湯気を立てている。土井が淹れるコーヒーは絶品で、清花はいつも楽しみにしている。自宅でもこのコーヒーが飲めたならと思うのだが、土井から豆を分けてもらっても、なぜかこういう味にならない。

「ソメ村の行方不明者はどこへ消えたと思います？」

マグカップを引き寄せて訊《き》くと、

「そこだよね」

土井はメガネの隙間から見返してくる。

「事件とは無縁の田舎。長閑《のどか》で平和な山間《やまあい》の村……まさかこんなところで、と、人はよく口にするけど、裏返せば閉鎖社会で事件が表面化しにくいだけだったりね」

ストリートビューを操作しながら、土井はマグカップを傾ける。

「サーちゃんも刑事だから知っているよね？　凶悪事件のほとんどは顔見知りの間で起き、さらにそのほとんどが家族間で起きている。人が見知らぬ相手に憎しみを募らせたりするのは希《まれ》なんだ」

「SNSの普及で、あながちそうとも言えない社会になってきましたけどね。通り魔事件は別にして、関係が密なほど殺意が芽生えるというのは事実です。ボスは村で起きた失踪《しっそう》に裏があると思うんですか？　どんな裏ですか？」

「うーん……それはまだわからないー」

いつものとぼけた言い方だが、パソコンを見る眼は真剣だ。

「たださ、人は勝手に消えたりしないし、欠片《かけら》も残さず消えるなんてことは、まずありえない。そういう意味で、山本さんのお母さんが『娘はどこかに埋まっている』と訴えるのは理に適《かな》っていると思うんだ。失踪当夜に珠々子さんに何かがあったとして、それが起こった時間はあまりに短い。実家には弟や従兄弟《いとこ》や家族がいたし、農道に入るまでは村の人たちが一緒だった。道から家までの距離は現地へ行ってみなけりゃわからないけど、悲鳴もなしに消えたとするなら、襲った相手はかなりの手練《てだ》れだ。そうでなければやはり顔見知りが連れ去った、もしくは自分でどこかへ消えたと考えるのが自然だと思う」

「自分で消えたというのなら、服装が浴衣《ゆかた》姿というのが妙です。万羽さんが言うように隠れてデートが一番しっくりくる気がします。その後、間違いがあって殺害された。遺体はどこかへ隠された」

「その場合は田畑に埋まっているというのが妙だ。でも母親はそう言っている。故意でなくとも人を殺せば、せめて人目につかない場所へ運ぶとか……」

「母親が言うのは夢の話じゃないですか」

「だよね～」

モニターを眺めながら、土井は情けない顔で笑った。

「万が一にも死亡して置き去りにされたとするなら、村人が総出で捜索したのに発見されなかったというのも妙ね……」

清花も持論を展開した。

「……犯人が自宅に遺体を隠したとかなら？　行方不明者を捜索しても、各家の敷地の中まで調べないから。たとえばですが、庭に井戸などがあって遺棄したとかなら」

「うん」

　と、土井は難しい顔だ。現場を見ていないので、すべては推測に過ぎない。

「その後も村では普通の顔で生活をする？　それは難しいかもしれないよ」

「殺人の場合は罪の大きさに囚《とら》われて、犯人と自分を切り離す心理が働くんじゃないでしょうか。殺したのは自分じゃないと、本気で信じてしまう人までいると聞いたことがあります。自分自身を騙《だま》すのね」

「ぼくも聞いたことがある……その心理はわかるような、わかりたくもないような」

　それから土井はこう言った。

「だけどやっぱり引っかかるんだな……淑子さんは自分が育ったソメ村のことをよく知っている。だからもしも潜在意識が夢に作用したとして、娘さんが、遺体は山に埋められていると言ったのならばわかるけど、田んぼにいると言うかな」

「まさかホントに正夢だったと思うんですか？　娘の霊が知らせに来たと？」

「そこなんだ。夢があまりに非現実的なところに、現実味を感じるんだよ。そうじゃないかい？」

「さあ、どうでしょう」

土井は一瞬だけ視線を上げて清花を見た。

「ま、珠々子さんの件については坂下巡査部長の捜査手帳があるからね、細かい部分は現地ですりあわせをするとして、もう一つ気になっているのは田中獒ちゃんの水難事故だ。万羽さんが入手してくれた現場写真を見ると、ランドセルは川岸に放置したような状態だった。お兄さんと別れたあとでその子が道草を食っていて、川遊びをしようとしたとする。そしてランドセルを置いたというなら別だけど、毎日通っていた道で、しかも家まですぐなのに、川へ行こうと思った理由はなんだろう」

「友だちと偶然会って、一緒に遊ぶことにしたとか？」

「そういう証言はなかったよ。近所の子供は当日の放課後に獒ちゃんと遊んでいない」

「もしかして動物を助けようとした？　子猫が川に流されていたとかで」

「通学路と川の位置関係が不明だけど、それはあり得るかもしれないね」

「でもその場合、ランドセルを置くかしら」

考えながら清花は言った。獒ちゃんは桃香より少し年上だけれど、それが桃香だったとするならば、たぶんランドセルを背負ったままで川に入るだろう。流されていく子猫を早く助けなければと思うから。

「そうだよな……ぼくでもそのまま川に入るね、一刻を争うわけだから。そして流されるかもしれない。そうならランドセルも流されていなくちゃおかしい。そうじゃないかな?」

「そう思います」

「ランドセルが見つかったのは数日後、ここもおかしい。山の中でも赤いランドセルは目立つだろうし」

「細部が微妙に変ですが、ボスは偽装工作だと思うんですか?」

「わからない。その当時は端《はな》から事故前提の捜査をしたんだという予測は付くけど」

平和で、事件など起きるはずがない村。

先入観が邪魔をして現場の見方が甘くなる。誘拐と失踪と事故の可能性から事故を選んで捜査は終わる、そういうことは確かに起きる。

「情報がある人たちの他にも行方不明者はいるんでしょうか」

「そっちは万羽さんが調べてくれてる」

土井はきちんと顔を上げ、清花を真っ直ぐ見て言った。

「この班のこと、返町はなんて言っていた?」

それについては、清花が県警でミスして被疑者を死なせ、失意のどん底に沈んでいるとき、おでん屋で返町から力説されたので覚えている。今ですら、あのときの苦みと自己嫌悪を、おでんの香りと共に思い出すほどに。

「誇りと使命感を持って国家と国民に奉仕する部署だと聞きました。過去の未解決事件から連続性と関連性を持つと思《おぼ》しき案件を見つけて背景を調べ、犯罪を未然に防ぐことを旨とする……事件が起きた背景を探って、次の事件が起きないように所轄と連携する部署だって」

「その通り」

土井は満足げに頷《うなず》いた。

「淑子さんが見たのが正夢で、その場所に珠々子さんの遺体が埋まっていたとする。そうすると、当然ながら他の失踪事件にもスポットが当たるよね。人が田んぼに、勝手に埋まったりするわけないし」

清花は土井が言いたいことを理解した。返町はなぜ坂下や山本を警察庁本部へ呼び出したのか、そしてメンバーに引き合わせたのか。彼も事件を疑ったのか。火のないところに立った煙の匂いを嗅《か》ぎつけて、見えない火種を感じ取る。そういう場所にずけずけと入り込んで行けるのは潜入捜査班だけだから、返町は彼らを本庁へ呼んだ。

飲み終えたコーヒーのカップをテーブルに置いて、

「こう言っては不謹慎かもですが……」

清花は座り直して姿勢を正す。

「ボスと仕事をしてきて初めて、刑事時代の血がたぎる感じを思い出しました。私は白星に関係なく、こういう仕事がしたかったんです。すました顔でのうのうと生きている犯罪者がいるなら許さない。必ず見つけて、罪を償わせるつもりです」

土井は首をすくめて、

「こーわーいー」

と言っただけだった。


勇が本を届けに来たのと入れ違う恰好《かっこう》で、清花は定時にキャンカーを離れた。週明けからの潜入捜査に備えて個人的な準備があるからだ。

ただの失踪《しっそう》事件ではないかもしれない。土井が暗にほのめかした考えは清花を高揚させて、街を歩いているときも、ホームで電車を待つときも、頭の中にはまだ見ぬ村と田畑と、消えた人々やその状況などがグルグル巡って思考をかき乱していた。それは久しぶりに、班を率いていた捜査官時代の自分を思い起こさせた。

清花の自宅は横浜《よこはま》にあり、離婚した夫と義母《はは》と娘の桃香と住んでいる。刑事の仕事に躍起になるあまり家庭を顧みなかったことで夫から愛想を尽かされたのだが、義母と娘には離婚の事実を伏せたまま、同居して母親業を続けているのだ。

義母から援助を受けて買ったマンションは表札が『木下』で、鳴瀬名義の郵便物は受け取り場所を実家にしてある。元夫の勉《つとむ》に家賃と光熱費を支払って、勉はそれを桃香のために貯金している。どちらも娘との関係は良好だ。

エントランスに入る前、清花は久しぶりに足を止め、建物を見上げて呼吸を整え、逸《はや》る気持ちをセーブした。自分が母親でなく刑事の顔になっていることがわかったからだ。家庭に事件は持ち込まない。頭では理解していたつもりでも、勉が言うにはいつも刑事の悲壮な顔をしていたという。清花が抱えた怒りや焦りは近しい人に伝染し、家族みんなが不安になったが、そのことに気がつくことさえできずにいたのだ。

でも、もう違う。少なくとも今は、家に帰る前に気持ちを切り替えられる。

清花は深く息を吐き、エントランスに入ってエレベーターを呼んだ。

事件のことではなく、土日に準備するべき品について考える。周囲になにもない場所だから食料品が必要だ。荒れた田んぼに入るから、手袋と、首に巻くタオルと、長靴がいる。目を守るためのゴーグルもしくはサングラスもあるといい。バンソウコウと消毒液、穴掘り後に貼る湿布薬……考えながら箱に乗り、自宅がある階に到着すると、エレベーターが開いたとたんに、

「ママ、おかえりー」

と、桃香が言った。娘はなぜかエレベーターホールで待っていたのだ。

「わあ驚いた。どうしたの？」

訊《き》くと娘は「えへっ」と笑い、

「ベランダからママが見えたから、待ち伏せしてた」

得意げな顔をした。桃香はベランダでドングリ虫を飼っていて、今では自分で世話をしている。成虫になるとしても夏以降だが、ドングリ虫を入れたビンの内部を霧吹きで湿らせたりしながら虫が出てくるのを待っているのだ。そこからは集団登校で子供たちが集まる前庭と、マンションのエントランスが見下ろせる。

時刻は十九時半を過ぎ、辺りはすでに暗くなっていた。自宅がある場所とはいえ、小さな女の子が独りで共有部分にいるのはよくない。多くの人が同じ建物に住んでいるのに、共有部分を見張るのは人ではなくて監視カメラだ。

清花は娘と手を繋《つな》ぎ、

「桃香が待ってて嬉《うれ》しかったけど、心配だから今度からはお家にいてね」

と言った。

「なんで？」

「悪い人が桃香を連れて行っちゃうと厭《いや》だから。バアバやパパに言ってきた？」

桃香は黙って頭《かぶり》を振った。こんなふうに注意喚起しなければならないのは残念だけれど、不審者によるマンション内での事件は多い。清花は娘の頭に手を置いた。

「嬉しかったのはホントだよ」

「わかってる」

大人びた声で頷くと、続けて言った。

「フシンシャはね、エレベーターのところで待っていて、子供と一緒に乗るんだよ。それか、どの階で降りるか調べておいて、隠れて待ち伏せしてるんだって」

「その通りよ。よく知ってるね」

今度は嬉しそうに顔を上げ、

「学校の先生が教えてくれた」

と、言った。跡をつけ、自宅の鍵《かぎ》を開けるのを待って押し込むようにして一緒に入り、鍵をかけて性的暴行に及んだという事例があった。写真を撮って、誰かに話したらこれをばらまくと脅した例も。性加害者はどこまでも卑劣で、己の欲望を満たすことしか考えていない。清花はそういう輩《やから》が許せない。逮捕して送検するだけでは足りなくて、コテンパンにしてやりたいといつでも思う。刑事としては失格だ。犯罪者は平穏な日々のすぐそばに、息を殺して潜んでいる。またもソメ村から消えた女性たちのことを思い出す。すると唐突に桃香が言った。

「ママあのね、桃香ね、がんばってリッコウホしたんだよ」

「リッコウホ？　桃香は何に立候補したの？」

それを伝えたくて帰りを待っていたらしい。

「この前ね、奈津実お姉ちゃんが言ってたの。一年生のお姉さんになりたかったら、一年生が喜ぶことを、何かやったらどうかなって。だからね、『はい』って手を挙げて、係にリッコウホしたんだよ。そうしたら、みんな拍手してくれた」

鼻高々という顔だ。

「そうなんだ……すごいね。どんな係?」

「イナダ係だよ」

そんな係があっただろうかと考えていると、桃香はまたも清花を見上げて、

「学校でお米を作るの」

と、言った。

「農家の人がお米の苗をくれるから、バケツ田んぼに土を入れて、あと、田植えをしてね、育ててお米を作るんだよ」

鼻の穴が膨らんでいる。イナダ係は稲田係のことらしい。

「先生が『係の人を決めましょう』『イナダ係は稲田係のことらしい』」


「稲田係はなにするの?」

桃香は少し考えて、

「お米にお水あげたり、鳥からお米を守ったり……雑草が生えたら抜いて……あとは案山子《かかし》を作ったり……あとね、キラキラしたテープを張るといいんだって」

自宅のドアが見えてきたなと思ったら、ガチャリと開いて義母が顔を覗《のぞ》かせた。清花と桃香を見つけると、ホッとしたように胸を押さえて、

「ああ、よかった。急にいなくなるものだから」

お義母《かあ》さんすみませんと詫《わ》びるより早く、桃香は走って行ってババに抱きついた。

小言を言おうとしていた義母も、これには敵《かな》わず眉尻《まゆじり》を下げる。

「すみません。危ないと言って聞かせましたから」

清花も自然と急ぎ足になる。「ただいま」と、玄関に入って扉を閉めた。

マンションでは、このドア一枚を隔てて屋外がある。住民すべてを把握できているわけではないし、顔見知りだから信用できるとも限らない。密室と密室が隣り合って並んでいる状況だから、監視カメラがあっても油断はできない。映像は主に、ことが起きてしまった後の確認に用いられるだけなのだ。

桃香と連れ立って洗面所へ行き、手を洗ってからリビングへ移動する。

それでもやっぱりこの空間は、自宅と呼べる場所である。キッチンでは炒《いた》め物の匂いがしていて、一足先に帰った勉はベランダに桃香が植えたチューリップに水をやっている。通り向こうの建物に明かりが灯《とも》って、空には星が瞬き始めていた。

第三章　ネバーランドと甘いおにぎり

週明け月曜の早朝六時。ベランダで手を振る桃香と勉と義母《はは》に見送られ、清花は出張のためにマンションを出た。車一台分の狭い道路を、犬の散歩をする人や、早朝ランニングをする人などが、抜け道のように通り過ぎて行く。キャンカーが通るには狭すぎるので、土井は近くのレストランまで迎えに来る。店の駐車場には入らずに、車道の脇で清花を拾う。清花のほうも車の流れに目をこらし、背の高い土井の車が視界に入ると乗車準備を整える。この朝も、土井がウインカーを出すとリュックを抱いて車道に下りて、ドアを開けるなり助手席に乗り込んだ。

「おはよう」

と、土井が言う。

「おはようございます」

土井が後続車を確認する間に抱えていたリュックを後部座席に置き、助手席の背もたれを跨《また》いでダイニングスペースへ移動した。動き始めた車の中で冷蔵庫を開け、食材を入れる。カットして真空処理した野菜、カットして冷凍した肉、ほかにスパイスや餅《もち》などだ。次の信号で車が止まると、またも背もたれを跨いで助手席に戻った。

「いけないねえ、警官なのに」

と、冗談めかして土井が言う。

「気を付けます」

清花はシートベルトを締めた。

カーナビはすでに案内を開始している。通過地点1で清花を拾い、通過地点2で東名高速に乗って、通過地点3の根羽村経由で旧ソメ村へ入るルートだ。山本が農園を営むあたりは道が狭いということで、村の公共施設で待ち合わせ、母親の淑子から詳しい話を聞くことにした。

「森の駅ネバーランドって言うんだってさ、根羽村だけに」

運転しながら土井が言う。

「ピーター・パンの？　洒落《しゃれ》たセンスですね、いいと思うわ」

ネバーランドは戯曲ピーター・パンに出てくる不思議の島で、そこでは誰も年を取らない。ずっと子供でいられるなんて、なんてステキなことだろう。

「地場産市場や食堂や宿泊施設まであって、山本さんもトウモロコシを卸してるそうだよ。イベントを開いたり、交流の場にもなってるみたいだ」

「ティンカー・ベルとかも、いるんでしょうか」

「どうだろう？　テーマパークじゃないからなあ……ああそうだ。面白いといえば、根羽村にはネバタゴガエルという変なカエルがいるそうだよ。ゲコゲコじゃなくて『ワン』と鳴く」

「丸山くんが知ったら喜びそう」

「仕事そっちのけでカエルを探すとか言い出すだろうな……こ〜ま〜る〜」

言いながら、土井はドアポケットから捜査資料を出して清花に渡した。坂下の捜査手帳にあった情報などを福子がまとめてプリントアウトしたものだ。他に福子が調べた失踪《しっそう》事件についても記載されている。改めて確認すると、ソメ村で起きた失踪事件の多さに驚かされる。

最初の失踪は昭和二十七年（一九五二）。篠本フミ子の長姉が行方不明になっている。彼女の名前は塚田初子《はつこ》で、失踪時二十一歳。収穫した芋を自宅へ運ぶ途中でいなくなった。添付された白黒写真には、リヤカーに積まれた桶《おけ》や筵《むしろ》や芋の山、それを調べる駐在の姿が写されていた。

昭和三十年（一九五五）の夏には五歳の女児が神隠しに遭っている。

昭和三十六年（一九六一）には、行商に来た三十二歳の主婦が失踪。家族から問い合わせがあって発覚したものだというが、村内で不明になったのかどうかはわかっていない。昭和五十六年（一九八一）にも姑《しゅうとめ》と折り合いの悪かった若妻が失踪しているが、村の噂は『逃げた』というもの。

田中燚の水難事故は昭和六十三年（一九八八）で、山本珠々子の失踪はその五年後の平成五年（一九九三）だ。

「これらの失踪がすべて事件がらみだとすれば、行商人の主婦が消えた昭和三十六年から姑と折り合いの悪かった若妻の昭和五十六年までは二十年間のブランクがありますね。その後田中燚ちゃんまでが七年。山本珠々子さんまで五年。二十年の空白が謎ね」

ファイルをめくりながら清花が言うと、

「同一犯の連続事件を疑っている？」

と、土井が訊《たず》ねた。

「そうだとすれば、という話ですけど……連続事件で犯行が一定期間止まるのは、犯人がそこにいないか、家族を持って監視の目ができたとか、あるいは病気になっていたとか、環境に変化があった場合だと思います」

「万羽さんがそこも調べてくれた。ファイルをめくって」

次のページには、村内の死亡者リストが載っていた。

「死亡届をまとめたものだ。性別も年齢も書いてあるけど、女性に絞って見ていくと、数年に一人か二人程度が五十歳より前に死亡している」

「本当ですね……でも……」

診断書に基づく死亡届が出ているならば変死ではない。それらの女性は病死とされているようだった。中に一人だけ事故死があって、死因は圧死と書かれていた。年齢は二十七歳。発見時、石碑の下敷きになっていたようだ。

「昭和末期、ソメ村の世帯数は一三五軒。住人数は三百人弱ですね。それが今ではたったの二名……人口の減少に人が消えることは関係していたのかしら」

「どうだろう、交通の便がよくないことは過疎の要因のひとつだろうね。道路が良くなって工場ができれば状況は劇的に変わるんだろうけど、当時は農業をするよりほかに働き場所はなかったわけで」

「いいお米が穫《と》れたそうですが、やっぱりそれだけでは厳しいのかしら」

「そもそも山間部は土地が狭いし、減反政策もあったりで……農家さんは大変だ」

「あ、そうだ。お米といえば」

清花は資料をドアポケットにさし込むと、持って来たお茶とおにぎりを取り出した。

「朝ご飯を持って来ました。私が出かける準備をしている間に、桃香と義母が作ってくれて……」

「ほんと？　澄江《すみえ》さんのおにぎりは嬉《うれ》しいなあ……しかも桃ちゃんがお手伝いとは」

「桃香の場合は手伝いといっても海苔《のり》を巻く程度と思いますけど。もう食べますか？」

「高速に乗ってからにするよ」

「承知しました」

キャンカー用のおにぎりは新聞紙に包まれている。程よく蒸気が逃げるのと、あとで焚《た》きつけにできるのとで、ゴミが増えることもなく何かと便利だからである。高速で走りが安定するのを待って包みを広げ、土井が食べやすい角度に手渡した。

「中身はなにかな？」

「梅とおかかじゃないかしら」

言いながら清花も自分の分を取る。海苔の香りがすばらしい。ゆっくり食べ進めておかかが出てきたところで、ガチッと何かが歯に当たった。

「ん」

ほぼ同時に土井も食べるのをやめた。梅干しの種かと思えば、甘いのだ。

「飴《あめ》だ〜」

と、土井が悲鳴を上げる。白飯の真ん中で燦然《さんぜん》と光り輝く赤いもの。それはイチゴ味のドロップだった。

「ホントだ、どうして飴が？　もう……歯が折れるかと……すみません。たぶん桃香の仕業です」

土井は屈託なく「ははは」と笑った。

「ママのために好物を忍ばせたってところかな？　そういえばうちの息子も子供の頃は、お弁当にこっそりチョコレートを入れてたよ。どんなもんかと思ったけれど、海苔の佃煮《つくだに》みたいで美味《おい》しかったと」

「本当に？　チョコレートって……」

「あと、ポテトチップスも。ぼくが作る弁当は卵焼きまで茶色くて、おかずもワンパターンになっちゃって、子供なりに工夫したんだと思う。チョコレート、ポテトチップス、やっぱりアメとか……あれはあれで楽しかったな」

土井が話すとチョコ入り弁当も微笑ましく思えてくるから不思議だ。

「ま、おやつ入りおにぎりと思えばさ――」

頰に飴を押し込んで、また食べ始めた。

「――梅干しとコラボさせなかったところに、桃ちゃんのセンスを感じるよ」

「もう……ほんとうにすみません」

土井が育てた二人の子供はどんな大人になったのだろうと清花は思う。帰ったら桃香に正直な感想を言おう。もしくはもう一度飴のおにぎりを作って、一緒に食べてみるのがいいか……そんなことを考えながら、清花らは一路根羽村へ向かった。

都内の桜は終わったというのに、標高が上がっていくにつれ、山肌にまだ咲いている桜がチラホラ見えた。小豆《あずき》色を薄くした感じといえばいいのか、紅と浅葱《あさぎ》が混じったような新芽と共に、山桜が咲いているのだ。花だけが豪華に咲き競う園芸種と違って、山の桜には古《いにしえ》の日本を思わせるたおやかさがある。

根羽村へ向かう道は左右に山や野原が迫り、藪《やぶ》の切れ間に畑や田んぼが現れる長閑《のどか》なものだ。道路脇や畑の中に規則正しく立つ電柱も、すでに都会では見られなくなった。少し拓《ひら》けた場所があったと思えば集落も畑もない道が延々と続く。空は広く、山々の色は淡く、手前に草が茂る道路では、遠くに茅葺《かやぶ》き民家が見え隠れして絵本のようだ。山裾《やますそ》に農地が広がって、まばらに家があるのを見ると、日本の風景は素朴で温かいなとしみじみ思う。

「なんてきれいな場所かしら」

助手席側の窓に張り付いて景色を眺めた。心に焼き付けておきたい景色が、ふいに現れては消えていく。土井が車の窓を開けたので、春風が吹き込んで来た。緑と土と太陽と、野に咲く花の芳香がする。山裾に枝焚《えだた》きの煙がたなびくのを見れば、ここでも米は作れるようだ。いくつかの集落を通り過ぎ、やがて車は山本との待ち合わせ場所に到着した。時刻は午後一時を回っていた。

森の駅ネバーランドは立派な施設で敷地も広く、山々と森に抱かれるようにして建っていた。駐車場はガランとしていて、土井の車が入っていくと、どこからか山本が走って来た。近くに立ってエンジンを切るのを待って言う。

「お疲れさんです。遠くからわざわざ来ていただいて」

そして挨拶《あいさつ》もそこそこに、

「お昼まででしょ？」

と、訊《き》いた。

「ええまあ」

窓越しに土井が答えると、山本は急《せ》かすように、

「そんなら、ここは食堂が二時にオーダーストップなんで」

早く降りて来いと言うのだ。

「平日は営業時間が短いんですよ。たいしたもんはないですけども、地場の物でも食べてってください。母親を店で待たせてますんで」

慌てて車を降りたので、清花はうっかり資料を忘れそうになった。

職務が食い気に負けてちゃマズいじゃないのと、朝食を入れてきた紙袋に資料を移し、財布とスマホだけ持って出る。

食堂は施設の一角にあり、『定食屋』の暖簾《のれん》がはためいていた。

明るくてさっぱりとした店内は木調のインテリアが特徴的で、窓際の席に年配の女性が腰掛けて、清花たちが入って行くのを見守っていた。

「日替わり定食でいいですか？」

券売機の前で山本が訊く。

「ああ、いや、チケットは自分で買いますから」

土井が慌てて言うと、

「いいじゃないですか。せっかく遠くまで来てもらったんだし」

山本は現金を投入して食券を買った。

「そういうわけにはいかないんですよ」

土井は山本に二人分の定食代を渡して声をひそめた。

「……公務員ですからね……職務規程違反になってしまいます」

同調して清花も頷《うなず》くと、山本は恐縮して金を受け取った。

「いや……そういうもんですか？　まあ建前はそうなんでしょうけど」

「建前も本音もなく、仕事で来ているんですからお構いなく」

定食を三つ、山菜そばを一つ、食券を買って席に向かうと、母親の淑子が席を立ち、セルフコーナーから四人分のお茶とお絞りを用意してくれた。目立つ挨拶は控えることにして、軽い会釈だけで席に着く。

「珠々子の母の山本淑子と申します。遠くまで来ていただいて申し訳ないです。でも、ありがとうございます」

淑子はテーブルに突っ伏すようにして頭を下げた。

食堂内は客もまばらで、近くに他の客はいない。それでも清花らは声をひそめた。

「頭を上げてください。どうか」

「あんま目立ってもいけねえからさ」

山本も母親にささやく。

ここへは彼女が夢で見た場所を確認するために来た。清花が持参した資料の中には旧ソメ村の地図が入っている。

淑子は七十二歳。小柄で色白、黒く染めた髪に緩くパーマを当てて整え、楕円《だえん》形のメガネをかけている。服装も物腰も会話の仕方も理知的な感じがする人だった。

「特捜の土井です。こちらは鳴瀬。民俗伝承の調査ということで村に入ります」

ささやくようでいてハッキリ通る声で土井が言う。清花も軽く頭を下げた。淑子はすがるような目でこちらを見ている。

「ご心痛をお察しします」

その瞳《ひとみ》を見つめて清花は言った。彼女の気持ちに寄り添おうとすれば、うまい言葉なんか出てこない。ある日突然、愛する娘が消えたのだ。淑子は無言で頷いた。

「できる限りの調査はしますが、公の捜査ではありません。企業へも、あくまでもソメ村の風習を調べるということで許可をもらっています」

低い声で土井が言う。

「はい。もう……そのあたりの事情は坂下さんから聞きました。私も息子も余計なことは言いません」

答える代わりに、土井はあの情けない微笑みを一瞬だけ見せ、

「地図を持って来ましたから、夢で見た場所を教えてください」

「はい。よろしくお願いいたします」

淑子が頭を下げたとき、

「お待たせしましたーっ。食券番号018、019、020の日替わり定食、037の山菜そばのお客様ぁ！」

元気な声で食事の提供が知らされた。

山本と清花が席を立ち、カウンターへ食事を取りに行く。

会話は一時中断し、あとは腹ごしらえが済んでからということになった。

地場産の食材をふんだんに使った日替わり定食はボリュームがありすぎるので、淑

子はいつもそばだと言う。長野に来たら一度はそばを食べたい清花だが、できれば冷たいそばがいい。普段は意識してもいないが、清花の心に根を張っているのは母の故郷の更科《さらしな》そばだ。戸隠《とがくし》そば、小諸《こもろ》そば、奈川《ながわ》そばなど、信州《しんしゅう》にはそばの産地が様々あって、調理の仕方もそれぞれだ。

たっぷりの野菜や惣菜《そうざい》がついた定食は、胃もたれもせず食べやすかった。この日のメニューはポークジンジャーで、冷や奴《やっこ》、ゼンマイの煮物、たくあんに新ゴボウの油《あぶら》炒《いた》め、春野菜の味噌汁《みそしる》、白飯とサラダが付いていた。どれもお母さんの味がする。

「こっちはやっぱり野菜が美味《おい》しい」

清花が言うと、山本は朗らかに笑った。

「米と豚肉を褒められるかと思ったら、野菜ですか」

「お肉もお米も美味しいですけど、お味噌汁の菜の花や、キャベツやゴボウの味が濃いです。しっかり野菜の味がするって、すごいことだと思います」

「野菜の鮮度が違うよ。うん、ぜんぜん違う」

バクバクとごはんを食べながら土井も言う。

「土のせいだと思います。作物を作るのは太陽と水と土だから。特に土は場所によって様々なので、野菜の味というのは土地の味です」

新ゴボウの小鉢を覗《のぞ》いて淑子が言った。

「ここは信州の南の外れですからね、同じ信州でも北へ行くと、また味が違う感じがします。前に東北へ行って驚いたのは、東北の野菜はこう……ドーンと深く土に根を張った味だったんです。私は根羽の野菜を美味しいと思ってきましたが、あれに比べると、こっちの野菜は理屈っぽい気がします」

「理屈っぽい……ですか？」

顔を上げた土井のグリグリした目を、微笑みで見返して淑子は言った。

「理屈っぽくて器用な味と言えばいいのか……岩場に根を広げて風に耐える作物の味です。信州はほとんどが山ですから」

「な〜る〜ほ〜ど〜」

土井はゴボウを噛《か》んで頷いた。

「農業はとにかく土が大切です。そういう意味ではソメ村も、大変な苦労をして開拓した土地ではあったんだろうと思います……まあ、もう誰も米を作っていないわけだし、開発が進むのはありがたいけど、米を実らせていた土が工場の敷地になるのは寂しいですね」

淑子の言葉はメールをくれた人の気持ちでもあると思えた。

食事を終えると食器を片付け、お茶を飲みながら、土井は四方山《よもやま》話を続けている。

地方へ調査に出るとき土井が大切にしているのがこれで、清花は時間を無駄にしているようで苛立《いらだ》ったこともあったのだが、今ではその重要性を理解している。人間関係が密な地域に暮らす人々は、よそ者相手に噂話などしない。多くの場合、情報は四方山話に忍ばせてあるのだ。

「山本さんのお宅は、昔から根羽村で農業をされていたわけですか？」

土井の質問に、淑子は緩く頭《かぶり》を振った。

「夫の実家はもともと林業です。畑もあって、たまに手伝いには来てましたけど、結婚当初は夫が農機具の会社でセールスマンをやっていたので、ここではなく名古屋の社宅で暮らしていました」

「私も姉も、生まれ育ちは名古屋です」

と、山本が言う。

「では、珠々子さん失踪《しっそう》のときは」

「名古屋にいました。こちらへ来たのは夫の両親が年取ってからです。夫は次男ですが、義兄の家族は仕事の都合で海外にいたりで、結局夫が……ほかに女きょうだいが四人いますけど、それぞれ元気に暮らしています」

「私もまだ農業を始めて数年なんですよ。以前は名古屋でコピー機の会社に勤めてましたが、父が他界して母が独りになったのでこちらへ戻った感じです。根羽のお祖母《ばあ》ちゃんは九十を過ぎていますけど、施設にいて元気です」

「山本さん……ご結婚は？」

「しています。嫁は役場に勤めてまして、子供が二人。小学生と中学生の男の子です。長男は失踪時の姉と同じ歳になりました。親から見ればまだまだ子供で……今さらのように姉のことを思うんですよ」

清花と土井は頷《うなず》いた。山本母子《おやこ》の話しぶりから察するに、珠々子の生存に関してはずいぶん昔に諦《あきら》めたのだと思われた。それでいて、確証もなく死んだと思うことには罪悪感がある。三十年前の盆踊りの夜に囚《とら》われてしまったままなのだ。

「よくわかります」

と土井は言い、姿勢を正して清花のほうへ体を向けた。

「では、ちょっとこれを見ていただけますか？」

清花はようやく資料の中からソメ村の地図を引っ張り出した。それは新聞紙半分程度の紙に等高線や建物の位置がざっくりと記されたもので、欲しかった住宅地図は見つからなかったのだ。湯飲み茶碗《ぢゃわん》を脇へ避《よ》け、テーブルにそれを広げる。不破は谷間の小さな集落だった。

「ああ……はい。これがソメ村です。私は」

と、淑子は言った。

「十八になるまでいました。ここが──」

と、小さな四角を指すと、

「——たぶん佐久間の家ですね。私は五人きょうだいの真ん中で、長男、長女、私、下に弟が二人います。姉は他界していますけど、兄と八十八になる大叔父《おおおじ》が多治見《たじみ》にいます。家族の中で最後までソメ村にいたのがその叔父で……」

そしてフッと口をつぐんだ。

「……イヤだわ」

「どうしましたか？」

と、清花が訊《き》いた。

「夢ではあんなにハッキリ……葦《あし》の穂先まで手に取るように見えたのに、こうして地図を見せられると、あれが……本当はどの田んぼだったのか……」

「本家の田んぼと言ったじゃないか」

山本が母親に言う。

「俺が坂下さんと行ってみたときは、どこが田んぼかわからないような状態だったよ。母ちゃんが夢に見たのは、たっちゃん家《ち》の田んぼだろ？　母屋の前の、堰《せき》の近くの……ポンプ小屋があったよね？　違うの？」

「本家の田んぼと思っていたのよ。丸い石があるところ」

「すっげえ藪《やぶ》になっていたから、石なんかちょっとやそっとじゃ見つからないよ」

「大丈夫です。場所さえわかれば、入って探せばいいんですから」

　土井が言う。

「その石ですが、具体的にはどのくらいの大きさの、どんな石ですか？」

　清花が問うと、淑子はつと顔を上げ、

「形状は丸です」

　そう言って両手で石の大きさを示した。サッカーボール程度のようだった。

「田んぼの真ん中にほんの少しだけ、そうね……二十センチ程度でしょうか、高くなっているところがあって、そこにポンと置かれていました。注連縄《しめなわ》を巻いた石で、盆暮れに祖父が樒《しきみ》と日本酒を供えていました。『田の神さん』だから、決して粗末にしてはならないと」

「珠々子さんはその石の下にいるんですね？」

　念を押すと、淑子は不安そうな表情になって首を傾げた。

「……後ろから杭《くい》が突き出して、珠々子はそこに、案山子《かかし》みたいに立っていました。高いところに、浴衣《ゆかた》姿で……」

「本家の田んぼはどの辺りでしょうか」

　土井が訊《たず》ねると淑子は地図に目を落とし、一点を指して、また言った。

「この地図ではよくわからないと思います……ああ、なにか……」

ものを描く真似をするので、清花は淑子にペンを渡して、地図裏の白紙部分に描くよう言った。その脇で、土井は坂下の手帳を開く。坂下が描いた地図と照らし合わせるつもりのようだ。

「これが村へ入っていく道です」

淑子は道幅を二本線で記すと、両脇に山を描いた。

「行くと右手に川が流れています」

田中樊のランドセルが見つかった川かもしれない。

「村の入口にお地蔵様が……松の木の下です」

「松の木はすぐわかります。そこから道は左と真っ直ぐの二本になって、佐久間の家は真っ直ぐです」

「あの車でも行けそうでしょうか」

窓の外のキャンカーを指して訊くと、大丈夫ですと山本は答えた。

「舗装はされていませんが、道自体はそこそこ広いです。坂下さんと調べたときも、本家までは行けました」

淑子は地図を描いている。盆踊り会場だった火の見櫓《やぐら》へ行く道や、山へと向かう真っ直ぐな道、田んぼや畑が多い不破集落だ。

「ここに用水池があったはず……池田《いけだ》と呼んでいましたが」

「池田は干上がって見えたよ。もう池はないけど、周囲が笹藪になっているのでわかります。昔は蓮池《はすいけ》でレンコンが採れたそうですが、今は沼かもしれないので、近づかないほうがいいでしょう」

親切に山本が言う。他には山の中腹に集落の墓地があるという。Mネストの峰村の言葉を思い出して、土井が訊ねた。

「墓地といえば、村に塚田吾平さんという方が、まだ暮らしておられるそうですね」

淑子は顔を上げて土井を見た。

「ええ？　そうなんですか？」

「ご高齢のお母様といるそうです。今もお墓の管理などしてくださっていると」

「まあ……吾平さんだってもう……おいくつになられたのかしら」

「ご本人が八十代、お母様が百歳以上と聞きましたけど」

「そう……そうよね……吾平さんだってもう……九十近いんじゃないかしら……お元気なんですね。塚田の家の奥様も」

「その方たちをご存じでしたか？」

淑子はペンを握りしめて背筋を伸ばした。

「ソメ村にいて塚田家を知らない人はいません。今で言うなら村長さん、昔で言うなら庄屋《しょうや》さん。ソメ村は塚田家の村でしたから。ご兄弟が病気や戦争で亡くなって、最後に残った男子が吾平さん。物静かで親切で、家の修理や農作業のことから治水まで、なんでも相談できる人ですよ。どの家のことでも親身になってくださって、村の持ち主だったのに偉ぶったりしないで、奥様とは大違い」

そして墓地のやや下側に大きな丸印を描いた。

「ここにあるのが塚田家で、次の山のほうまでずっと塚田家の土地でした」

塚田家自体を山で囲うと、その下に堰を引き、沼になった用水池と結んでから、さらに堰を延ばしてポンプ小屋を描く。ポンプ小屋の前には道があり、道の両脇に水田がある。屋敷森を描いて『佐久間家』と記した。丸い石が置かれた田んぼは、佐久間家の庭に面した一枚だ。

「こちらが水田、こちらが畑、家の裏にも畑があって、そこは果樹園になっていました。このあたりに井戸があります。庭には家守の大銀杏《おおいちょう》……こっちが柿で、こっちが梅の木……これが梨、これはブドウの棚でした」

彼女が育った農家と村の様子が目に浮かぶ。淑子の中では今も当時の光景が、十四の娘を抱え込んだままに継続しているようだ。

「水田を掘ることは佐久間家にお伝えしたほうがいいでしょうかね？」

土井が訊ねると、淑子は息子と顔を見合わせた。

「すでに本家の土地じゃなし、黙って掘ってもかまわないだろ？」

山本はそう言ったが、淑子はわずかに首を傾げた。

「そういう問題でもないと思うわ。まだ吾平さんがいるのなら」

それはどういう意味だろうかと、清花はただ母子《おやこ》の顔を見つめた。

やがて淑子がこう言った。

「なんといっても神様ですから……石の下を掘ると話せば、大叔父が承知しないかもしれません。迷信と笑われても、代々そうしてきたわけで……」

「その土地を売ったんだから、土井さんたちが掘らなくても、工場を建てるときにはどうせ一帯を全部掘り返すんだよ？」

「見えないところでやるのはいいの。訊けばダメだと言うかもしれない」

「その石ですが、どんな謂《いわ》れがあるんでしょうか」

土井が訊くと母子は共に首を傾げた。

「粗末にするなということ以外は知らないんです」

「大叔父さんはどうですか？　その方ならご存じでしょうかね？」

メガネの奥で目をしばたたいてから淑子は言った。

「大叔父なら祖父から聞いて知っているかもしれません。私も父に訊ねたことはあるんですけど、教えてもらえませんでした。でも、知っていたとは思います。教えてくれなかったのは、話したくないからだという感じがしました」

「村には独特の風習があったようですが、それと関係してるのかしら」

清花のつぶやきに山本が応《こた》えた。

「独特の風習って?」

「案山子を呼ぶとか帰すとか、そういう風習があったんですよね」

「カカシヨビやカカシアゲのことですか? ええ」

そう言ったのは淑子のほうで、

「でも、やっていたのはこの子たちが小さかった頃までだと思います」

「俺はほとんど知りません。たっちゃんから聞いたくらいで」

「それはどんな風習ですか?」

淑子は首を傾げて言った。

「座敷にお膳《ぜん》をこしらえて、祖父が紋付き袴《はかま》に着替えて提灯《ちょうちん》を持って、どこかへ神様を迎えに行くんです。神様が来ると座敷が閉じられ、あとは笑ったり手を打ったり……中でどうなっているのか、子供が見ることは許されなかったので、どういう儀式かわかりませんけど、怖かったことは覚えています。だって祖父しかいないはずの座敷から話し声や笑い声がするんですから……収穫を終えるとお餅《もち》をお供えしてました。庭に臼《うす》を置いてお餅を入れて、農機具で案山子を作るんです。田んぼの案山子は燃やします。それをカカシアゲと呼んでいました」

「大叔父《おおおじ》なら詳しいことがわかると思います」

「なるほど興味深いですね。対外的にはそれを調べに現地入りするわけなので」

土井は坂下の手帳にメモするふうを装っている。

「その方から詳しい話を伺うことは可能でしょうか？」

「大丈夫です」

と、山本が答えた。

「あの」

清花には気になっていることがある。さっき淑子は、吾平について語っていたとき、言葉の端で『奥様とは大違い』と言ったのだ。

「塚田家の奥様……つまり吾平さんのお母さんですけど、その方はどんな人ですか？百歳を越えてもお元気というのは、なにか特別なことをされていたとか」

そのとき淑子の顔に浮かんだ嫌悪を、清花は見逃さなかった。

取り繕った声で淑子は語る。

「塚田の家の奥様は……気難しくて有名でした。まだお元気でおられるというなら、たとえ今は企業の土地になったとしても、調べるのが佐久間の家の田んぼでも、土井さんたちになにか言ってくるかもしれない……とは思います」

「なにかってなにを？」

清花が問うと山本は声をひそめた。

「なんでも、です。自分と坂下さんが行ったときは誰にも会いませんでしたけど、もしも姿を見られていたら、イチャモンを付けられたかも、とは思います」

「塚田の奥様は集落を自分のものだと思っているんです。本家が村を出るときも苦労したと聞いてます。村の管理は吾平さんの仕事ですから、何かあって責められるのは吾平さんです。吾平さんはかわいそうな人です。お母さんがおられるうちは村を離れることもできないで……」

それで一軒だけ残されたのか。

土地を売ることは、初めからできなかったというわけだ。

「でも工場は建つわけですよね」

「それだって奥様が知ってのことかわかりませんよ。知っていたら許すはずがないですから……もしかしたら、と思うんです」

「母親は工場が建つのを知らないってことですか？」

土井は眉《まゆ》をひそめて訊《き》いた。

「吾平さんがうまく話しているんじゃないかと。誰もいなくなったことだって、塚田家が土地を買い戻したと言っているのかもしれません……多治見に家を建てたとき、兄たちは引っ越しの直前まで村を出ることを誰にも言いませんでした。先に出ていった人たちがもめるのを見ていたからです。みんなそうやって出ていくんです。噂が立つと面倒だから」

「具体的に何が面倒なんですか？」

「だから塚田の奥様です。村を捨てるなんて言ったら大騒ぎになります」

それがどんな騒ぎであるのか、淑子は話そうとしなかった。

「ふむ」

土井は微《かす》かに頷《うなず》いてから、

「そのあたりの話を伺うとすれば、佐久間家のどなたがよろしいですか」

と、淑子に訊いた。答えたのは息子のほうだ。

「たっちゃんじゃ昔のことは知らねえだろうし、やっぱ伯父《おじ》ちゃんよりは大叔父ちゃんがよかろうね。俺が電話して話してみようか？」

「そうね。敬三《けいぞう》さんなら昔のこともわかっていると思うから」

「助かります。よければ多治見へ行ってみますけど、何時でもご都合のよいときで」

土井が言うと、山本はスマホを出して席を立ち、

「電話して訊いてみますよ。塚田家のことはもう、俺らにはぜんぜんわからないんで、ちょっと待っていてください」

そう言って外へ出て行った。

息子が消えると母親はおもむろにバッグを漁《あさ》り、一枚の写真を取り出した。

さっきまで描いていた地図の上を滑らせて、土井と清花の前に出す。それは黒地に金魚模様の浴衣《ゆかた》を着た少女であった。

「珠々子です」

色あせた絹目のカラー写真は、アルバムから抜いてきたばかりのように四隅がまだピンとしていた。少女は肩までのおかっぱ頭、髪に和風のリボンを付けて、丸い団扇《うちわ》を持っている。立っているのはどこかの庭で、筵《むしろ》を広げた縁側が背後に見えた。筵には枝付きの豆が干されていた。

「いなくなった日の夕方に撮った写真です。警察にも同じ写真を焼き増しして渡しましたが……」

「かわいらしいわ。金魚の浴衣がよく似合ってる。モダンでおしゃれな柄ですね」

目立ったでしょう、と、清花は思った。

パッと人目を惹《ひ》く柄だ。それが不幸を招いたのかも、とは、思いこそすれ言葉に出せない。年頃の娘はどうしたって人目を惹くものだ。

「珠々子がとても気に入って、おねだりされた浴衣です。名古屋の夏祭りに着ていって評判がよかったみたいで、それを着たいばかりに盆踊りに行ったんです。村の盆踊りなんて、なんにもないんですけどね」

淑子は娘がそこにいるような目をして言った。彼女に流れた娘のいない時間を思う。消えた娘はいつまでもずっと、十四歳の少女のままだ。

「お預かりします」

土井が写真を取って清花に渡す。そのとき山本が戻って来た。

「明日なら大叔父は家にいるそうです。午後一時頃に来てほしいそうですが」

「かまいません」

と、土井が答える。

「俺も一緒に行けたらいいんですけど、生憎《あいにく》、明日は都合が付かず」

「いえいえ、それには及びません。ご自宅は、大きな車で行ってもご迷惑になりませんか？」

「庭の前に空き地があるんで大丈夫です。いま住所と連絡先をメモしますんで……あと、田の神さんの下を掘る話ですけど、明日はその時間にたっちゃんがいてくれるというんで、たっちゃんとうまく話してください。大叔父に直接言うと迷信やら何やら持ち出して話がこじれるといけないので。たっちゃんは達弥《たつや》と言って、俺の従兄弟《いとこ》です。姉が消えたとき一緒にゲームをしていたのが彼で、協力すると言ってくれたんで」

食堂を出ると、山本母子《おやこ》に確認してもらいながらカーナビに多治見市の佐久間家を入力した。現地までは国道４１８号線を通って一時間半程度。そうであるなら事前に旧ソメ村の様子を見ようということになり、清花と土井は母子に見送られながらネバーランドを後にした。

「土が大事だという話、なんだか胸に響きました——」

清花はまだ山本珠々子の写真を資料の中に挟めずにいる。淑子の思いが詰まっていると思えばなおさらで、古い写真を膝《ひざ》に置き、眺めながら優しく撫《な》でた。

道路の周囲はまたも藪《やぶ》や草原《くさはら》で、来た道なのか、行く道なのか、見分けがつかない。時々田畑が現れて、その奥に家が見える様子も来た道と同じだ。

「村を出るということは土地を捨てるということなんですね。先祖伝来の家や土地を自分の代で絶やせないというのは、言葉としてはよく聞きますけど、実際はもっと深い話なんだとわかってきました」

「ゼロから開拓してるんだから、そりゃ愛着もひとしおだよねえ」

まっすぐに前を見て土井が言う。

「都会だと住み替えが普通だしね、もっといい場所、便利な場所へと移り住むから、土地や建物への執着は薄いよね」

「都会はそもそも土地がないから。部屋だけですよ、うちなんか」

「たしかに～」

と言って、土井は笑った。カーナビには多治見市より先に行くべき第一通過点として旧ソメ村が入力してある。直線距離では近いのに、迂回路《うかい》を通ることもあり所要時間は二時間程度、時刻は午後三時を過ぎている。

「今夜は村で車中泊ですか？」

訊《たず》ねると、土井はまたもドアポケットから雑誌を出して清花に渡した。

「近くに道の駅がないかチェックしてみて。多治見の後は村で泊まるようになるだろうけど、廃屋のトイレを借りるのとかさ、夜は怖くてイヤでしょう？」

そこまで具体的に考えていなかったので、清花はゾッとして眉をひそめた。捨てられた家のトイレを借りるなら、藪の中でするほうがマシだ。

「急に捜査意欲が失われたわ。オバケより凶悪犯のほうが人間であるだけマシですよ。廃屋とか、怖すぎる」

土井は「ははは」と虚《むな》しく笑った。


山の細道では思う程スピードを出すことができず、カーブで何度か切り返したりもあって、旧ソメ村へ続くと思《おぼ》しき道に入ったのが午後五時を過ぎた頃だった。

外気温は十度前後で、傾いた太陽の淡い光が山陰から筋を引いている。道路工事の準備が始まっているとしても見た目にはまったくわからず、ただただ山の中を行く。木々はこれから新芽を吹こうというところで、車道の脇には枝ばかりが密集している。

清花は窓に張り付くようにして外の景色を眺めていたが、ついに建物がまったく見えなくなった。当然ながら街灯もない道だ。日が暮れたら真っ暗になってしまうのだろう。そろそろ村のはずだとカーナビを見るが、道だけがうねうねと続いている。

「霧が出てきた」

と、土井が言う。前方は左右から枝が迫る一本道で、片側が斜面で片側は笹藪になっている。草で覆われた斜面の上部は森で、上のほうから静かに霧が落ちてきていた。

土井はさらにスピードを落としてライトを点《つ》けた。

「まるで雲が降りて来るみたい……霧ってこんなふうに始まるんですね」

いつのまにか夕陽の幕もどこかへ消えた。

霧には手招きするような濃淡があり、それが中空をたゆたっていく。濃く、薄く、背後に流れて、やがて車が包まれた。

「幻想的……と言いたいけれど、不気味ですね」

「知らない道を通っていると、特にそう感じるよ」

「……あれ？」

森を見上げていた清花は、振り返って目をこらす。

「なに？」

と、眉《まゆ》をひそめて土井が訊《き》く。

「今、上に……あ、また」

もっと速度を落としてくださいと言ったとき、見えたと思っていたものは霧に包まれて見えなくなった。

「子供がいました。森に」

「え？」

土井が眉尻《まゆじり》を下げて言う。

「ま～さ～か～」

「ですよね。でも見間違いじゃないと思うわ。上の森を走っていたような」

土井はキャンカーを停車させたが、後ろも前も霧の中だ。

清花はウインドウを下げて身を乗り出した。湿った空気が身体に触れて、濃い森の匂いがする。バックして戻ろうにも、車を切り返すスペースなどない。耳を澄ませても子供の声は聞こえない。

「ホントに子供？」

「はい。桃香くらいの、男の子か女の子かわかりませんけど、しかも一人じゃなくて……見えたのは一瞬でしたけど」

運転席から振り返り、また計器類に目をやると、土井は時間を確かめた。

「子供が外で遊ぶ時間としてはギリギリオッケーだとしても、こんな山奥に民家はないよ。ソメ村に住んでいるのはお年寄り二名だけだし」

そして前方を指さした。霧の隙間に景色が浮かぶ。

道路脇に盛り土された場所があり、そこにお地蔵様と、石碑が二つ立っていた。脇に立派な松があり、枝先は霧に隠れて消えている。

「あったわ……淑子さんが言ってた村の入口」

「そのようだね。ようやく着いたよ」

土井は静かにアクセルを踏み、ソメ村へ入っていった。

清花は助手席で地図を広げて、裏面に淑子が手描きしてくれた導線をなぞった。彼女の話からは村の様子がありありと思い浮かんだのに、霧の隙間に覗《のぞ》く光景は、ひび割れたアスファルトや積もった草や、薮のような平地ばかりであった。錆《さ》びたトラックが草に埋もれていたり、蔓《つる》に絡まれて斜めになった作業小屋が見えてようやく畑だったとわかる具合で、灰色の景色を霧が霞《かす》ませるばかりだ。

「想像以上に寂れてますね。本当に人がいるんでしょうか」

霧の隙間に目をこらし、くまなく周囲を見ていた清花は、突然、

（あっ）

と声を上げそうになった。同時に土井がブレーキを踏み、車はキッと鳴きながら止まった。右前方の藪に黄色いものが見えたのだ。土井もそれに気付いてブレーキを踏

んだと思われる。

子供だ。黄色いヘルメットを被《かぶ》った子供だ。

清花は助手席を飛び降りて、走って行ってピタリと止まった。ドアの閉まる音がしたから土井も車を降りてきたようだ。足音が近づくのを待って訊く。

「これ……どういうことですか？」

そこにいたのは人形だった。等身大の子供の人形。ヘルメットを被って吊《つ》りスカートを穿《は》き、くるぶしまでのソックスに赤い靴を履いた人形が、まさに草薮から飛び出す姿勢で置かれていたのだ。飛び出し注意の看板が立体になったみたいに。

「よくできてるけど、これ、マネキンだよね」

土井は人形に近づくと、しゃがみ込んで顔を覗いた。どこに焦点が合っているのかわからない手描きの目をした人形は、黄色いヘルメットとおかっぱの髪と顔が一体型で、身体は洋服に詰め物をしてできていた。袖《そで》から先は手袋で、履いている靴は本物だ。土井が清花を振り向いて訊く。

「さっき見たのもこれかもね」

「……人形だってことですか、森を走り回っていたのも人形？　でも、どうして」

土井は立ち上がって背筋を伸ばし、霧の向こうを眺めて言った。

「村内を高速で走らないように……かな」

「誰もいない村ですよ?」

「でも工事関係者は来てるよね? 誰もいないと思ってるからこそ、スピードを出しすぎて危険なこともあるんじゃないかな」

言われてみれば一理ある。だからって、

「こんな子供そっくりに作る必要ありますか? それに、森に車は入れません」

「たしかにね……」

ヘルメットに手を置いて、土井は人形の頭を撫《な》でた。それからまた屈《かが》んで靴を見る。マジックで名前が書かれていたようだが、インクがにじんでしまって読めない。

「過疎化した村に案山子《かかし》の住人を置いているって話があったよね? あれはどこの村だっけ?」

「少なくともここではないです」

「そういう感じで置いたのかもね。寂しくて」

「誰が、ですか? 吾平さん?」

「奥様かもよ」

「百歳を越えてるんですよ」

「ピンピンしてるかもしれないじゃない」

土井はスマホで人形を撮り、戻って運転席に乗り込んだ。その無表情な顔を一瞥《いちべつ》してから、清花も慌てて後を追う。

車はさらにゆっくり走り出し、もはや消えようとしていく太陽の下で、霧も徐々に薄まってきた。右も左も前後も藪《やぶ》で、雑木に蔓草《つるくさ》が絡む荒涼とした風景だ。朽ちていく茅葺《かやぶ》きの家や、凹《くぼ》んで瓦《かわら》が落ちかけた納屋、インディアンテントのように組まれた竹竿《たけざお》や、錆びて茶色くなった用水の門、崩れて森に還《かえ》ろうとしている廃屋や、誰も参ることのない神社、築山《つきやま》に鎮座している道祖神……チリチリと石を踏む音をさせて土井の車が進むたび、見えてくるのはそうしたものだ。

その中に農作業をする人がいる。初めは「あっ」と思ったが、通り過ぎる頃には人形と知る。清花はそうした人形を十数体も目にしていた。

「ここはただの廃村じゃないんですね。村は寂れているのに人形がいる。なんと言えばいいのか……」

車中泊になる前に下見ができてよかったと思った。もしも夜間にここへ着き、暗闇で人形に出くわしたなら、無様に悲鳴を上げただろうから。

「はっきり言って不気味だなあ」

鋭い目つきで土井がつぶやく。

「やっぱり今日は国道を戻って平谷村《ひらや》へ入ろう。温泉付きの道の駅があるんだったね、今夜はそこだな。多治見で予備知識を仕入れてから、改めて調査に来るのがよさそうだ」

「それがいいと思います」

土井の言葉にホッとしたのは、言い知れぬ不気味さを感じたからだ。随所にいるのは人形のはずが、なぜか人の気配がするのだ。山から神を降ろして案山子に依《よ》らせるというメールの内容を、清花は初めて怖いと思った。

第四章　田の神迎えと送りの儀式

　翌日は道の駅の駐車場で朝を迎えた。土井がコーヒーを淹《い》れている間に、清花はフライパンでライ麦パンを焼く。大抵は行く先々でご当地パンなど買って食べるが、昨晩は移動が遅かったこともあり、道の駅は営業を終了していたのだった。今回の潜入先は買い物をする場所がないので、パンや米や野菜などを持参した。テーブルにバター入りマーガリンを置いて皿を出し、ライ麦パンにかける蜂蜜《はちみつ》も準備する。淹れ立てのコーヒーとパンさえあれば、朝食は完璧《かんぺき》だ。

　フライパンの脇に立ってスマホを確認してみると、桃香から何通かメールが来ていた。昨晩電話で話をしたとき古着が欲しいと頼まれたのだが、置いてある場所を教えたところ、『これもらっていい？』と、写真を撮って送ってきたのだ。若いとき買ってお気に入りだったけれど、さすがにもう着られない赤のブラウス、タイトさがイヤらしい感じになってしまったラメのスカート、なぜか手ぬぐいも写っている。

――これに決めた　これがいい――

メッセージは桃香が自分で打ったらしい。古着の写真に少しだけ、勉の手が写り込んでいる。一緒に箪笥《たんす》を漁《あさ》ったたな。

時刻は午前六時半。やることがあると、桃香は驚くほど早起きだ。

――いいけど、それをどうするの？――

――かかし作るの――

用途を聞いて少し焦った。稲田係で案山子を作るのはいいけれど、それならもっと普通の服がいいのではないか。桃ちゃんのママが着ていた服だと思われるのは恥ずかしい。考えてから、返信した。

――桃香のお古を持ってったらどう？――

――バアバが凜々子《りりこ》おばちゃんにあげちゃった――

そうだった。桃香のお下がりは勉の妹の家に行くと決まっているのだ。

どうしようと考えているうちに、またメッセージが来た。

――ごはんだからバイバイ――

「あ、ちょっと」

思わず声が出て、

「なに？」

と、土井が振り向いた。

フライパンのトーストが、やや焦げ加減に焼き上がっていた。


出発準備を整えてからソメ村で撮影した写真を福子に送り、明日から現地調査に入るとＭネストの峰村にメールを送って欲しいと電話で頼んだ。佐藤教授が書いた民俗学の本はすでに先方に届いたらしく、お礼のメールが来たと福子は言った。

――案山子というよりマネキンみたいね。一本足じゃないのがなんだか不思議――

スピーカーにしたスマホから、福子の声が聞こえてくる。水色の空に綿雲が浮かび、キョキョキョキョ、ケッキョ、ケッキョと、まだ下手くそな鶯《うぐいす》の鳴き声がする。

「佐藤教授にもお礼状を送ってくれませんかね」

土井が言うと、

――昨日投函《とうかん》しておきました――

福子が答え、

「さーすーがー」

と、土井より早く清花が言った。本人は眉尻《まゆじり》を下げて笑っている。

――それで、どうなの？　土は掘らせてもらえそう？――

「そう簡単にはいかないよ。ぼくらはこれから多治見市へ行く。佐久間家の大叔父《おおおじ》が生田町《いくたちよう》に移住しているそうで、その人から村の話を聞こうと思う」

「平和な村も、入ると色々ありそうなんです」

——やっぱりね、そんなことだと思ったわ——

と、福子が答える。

——こっちは勇くんが早くそっちへ行きたくてウズウズしてるわよ。新幹線で行ってレンタカーに乗り換えるとか、色々検索しているみたい——

「予算が必要な分は事前に返町に言っておくよう伝えてよ。情報を持ってきたのは彼なんだし、相応に予算をとってもらわないとさ、後から色々言われるのもねえ」

土井は飄々《ひようひよう》として言った。

——伝えておくわ——

「ただし、勇くんがこっちへ来るのは、ぼくが連絡してからにしてよね。初めは無人の村を調べるつもりだったけど、まだいる住人を刺激したくないんだよ」

「母親が気難しい人なんですって——」

脇から清花も声を出す。

「——しかもあちこちに案山子《かかし》というか、等身大の人形がいて……なんというか……簡単に『入って調べてさようなら』というわけにはいかないような気がします」

「それについても多治見へ行って話を聞くから、そしたらまた連絡するよ。ところで、班に来たメールへ返信してくれたかな？」

――篠本フミ子さんと田中博次さんには、調査に入ることだけ伝えたわ。それに対する返信はまだ来てないの。ただ、篠本さんの場合は姪御《めいご》さんの寿命が迫っているから、もらった写真からよさそうなのを見繕って送ってあげようと思ってる。故郷の景色を見たら少しは気持ちが紛れるかもしれないし――

「不気味じゃないのを選んでよ？」

――もちろんよ。メールをくれた二人とは連絡を密にとるから、あの人たちに訊《き》きたいことが出てきた場合はこっちに教えて。私が問い合わせるわ――

「たすかる～」

土井はそう言って清花を見た。他になにかあるかと訊いたのだ。結構ですと頷《うなず》くと、土井は福子との通話を終えた。前を向き、シートベルトをしてエンジンをかける。道の駅の営業が始まる前に、二人は施設を後にした。

県境を越えて岐阜県に入ってから、時間調整をして多治見市へ向かう。

土井が運転している脇で、清花は自分のスマホを用いて検索し、佐久間家への手土産を購入できる場所を探した。大型車を停められる駐車場があるのが第一条件だ。同様に昼食を食べられる店もチョイスしてカーナビに打ち込むと、

「キャンカー捜査にもずいぶん慣れたね」

と、土井が言う。

「おかげさまで」

その後は資料に目を通し、民俗学者らしい知識を頭に入れた。会話の持っていき方も事前に準備しておく必要がある。聞きたいことが明確な通常捜査とは違い、土井のやり方はいつも巧妙且つ丁寧なので、清花も自然とそうなっていく。

同日の正午過ぎ、清花らは多治見市の生田町へ入った。現在佐久間家が住む町は小高い丘の麓《ふもと》にある。公園や畑の中に昔からの民家が並ぶ地域で、大きな車も停められると山本が言ったとおりに、家の前に五十坪ほどの空き地が広がっていた。その反対側は丘であり、緩やかな斜面に生え出たケヤキの巨木が竹林を背負っている。
キャンカーを空き地に乗り入れるとエンジンの音が聞こえたらしく、家から一人の男性が出てきた。四十過ぎに見えるから、山本の従兄弟《いとこ》の『たっちゃん』だろう。
空き地は宅地より低い位置にあり、嵩上《かさあ》げした敷地へは石段を上がって入る造りだ。石垣の上に立派な庭が設《しつら》えられて、老松の枝が冠木《かぶき》のようにせり出している。キャンピングカーの脇に立ち、山本同様に土井がエンジンを切るのを待っていた。男性は
聴取相手と対峙《たいじ》すると刑事の目つきになってしまう清花は、一瞬だけ自分の顎《あご》を両手に挟んで気持ちを切り替え、手土産と資料一式を膝《ひざ》に抱えた。土井が運転席を降り

て男性と言葉を交わすのを待ってから助手席を出る。

「どうも、こんにちは。お忙しいところをすみませんでしたね」

土井の言葉に相手が返す。

「なーんもなんも、話は秀《しゅう》ちゃんから聞きました。淑子叔母《おば》ちゃんが案山子の夢見て、相談に行ったんですってね」

清花が隣に行くのを待って、土井は名刺を差し出した。ソメ村で何をするのか山本から聞いているとは思うが、念のために準備してきた人形玩具研究所のものである。

「ああ、こりゃどうも。秀ちゃんの従兄弟の達弥です。大叔父の敬三さんに取り次いで欲しいと秀ちゃんから電話をもらったもんで。今日は大叔母《おおおば》が出かけてて」

「鳴瀬です。そんなタイミングですみません。お手数をおかけしますが、よろしくお願いします」

しとやかに深く頭を下げた。

「いやいや、こっちこそ……淑子叔母ちゃんの気持ちもねえ、俺はよくわかるんですよ。珠々ちゃんが消えたまま、なーんもわからず時間ばっか経ってくでしょう？　そりゃ、親としてはたまらんですよ。自分はあの頃ガキだったから、ただ怖いばっかりでしたけど、自分が子供を持つ身になれば、ホントにやるせないですわ。もしもうちのが……と思ったら、淑子叔母ちゃんがかわいそうでね……三十年……全然そんなふうには思えないよな……今さらですけど——」

気持ちに区切りを付けるみたいに、ちょっと笑って達弥は訊いた。

「——東京から来たんじゃ、遠かったでしょ。この車で移動してるんですか？　最近の流行《はやり》ですよね、キャンピングカーは」

物珍しそうに車の中を覗《のぞ》き込む。

通信ブースは扉で隠され、見えるのはダイニングまでである。

「古くて今どきの車と違いますけどね、僻地《へきち》へ調査に行くには助かってます」

「へー……」

中を見たそうにしている達弥を、土井はやんわり誘導していく。

「それにしても立派な松ですね。見事な仕立てだ」

「ああ、あれですか？　男松と言うそうです。大叔父が大枚はたいた自慢の松で……」

じゃ、行きますか、と達弥は幹をくぐる仕様の階段を上る。

前庭の奥に平屋の和風住宅があり、玄関は重厚で美しい格子状の引き違い戸だった。こちらへどうぞと言われるまま家に入って、庭に面した和室に通されると、広い座卓に小柄な老人が座していた。

「敬三叔父さん、えっと……先生たちが来たよ」

「初めまして。人形玩具研究所の土井です」

「鳴瀬です」

畳に座して頭を下げると、達弥が座布団を出して言う。

「どうぞ、こっちへ座ってください。今お茶を淹《い》れるんで」

すかさず清花が手土産を渡した。

「あの、これは途中で見つけた和菓子屋さんで買ったものですけど、とても美味《おい》しそうだったので、召し上がってください」

「や、これはどうも」

達弥は跪《ひざまず》いて包みに手を伸ばし、大叔父の顔色を窺《うかが》った。

「うぐいす餅《もち》と桜餅です。春になると恋しくて。お好きだといいんですけど」

「気を遣わんでくださいよ」

老人がそう言った。

「お時間を割いて頂いたのに、たいしたお礼もできなくて。召し上がって頂けたらありがたいです。あと、それと、こちらは……」

土井は清花をフォローして佐藤教授の著書を二冊取り出すと、座卓に載せて、達弥ではなく老人に差し出した。

「うちの研究所がお世話になっている先生の本です。人形玩具研究所なんて言うとオモチャの会だと思われがちですが、ベースは民俗学的調査で、その結果をまとめたりしていますす。よろしければ読んでみてください」

「ほうほう……これはどうも」

老人は菓子より本に興味を示した。

その間に達弥が菓子を持って下がり、土井と清花は座卓に着いた。

障子を開け放した先にあるのは石と植物の庭園で、敷地を嵩上げしてあるために道向こうの丘が借景となって収まっている。そこに見事な男松が映え、広大な庭園を見るかのようだ。土井はひとしきり庭を褒めてから、

「本日はありがとうございます――」

と、改めて老人に頭を下げた。

「――佐久間さんはソメ村を出て何年くらいになりますか」

老人は二冊の本を脇へ寄せ、記憶を辿《たど》るように宙を見た。

「そうさな……かれこれ二十年以上は経ちますか」

「二十三年経ってるよ。俺ん家《ち》がこっちへ来たのが二十歳のときで、そのあとここが建ったんだから」

お茶を運んで来ながら達弥が言った。

「俺のお茶ですみません。叔母ちゃんがいれば、もうちょっとマシだと思うんですが」

「町の寄り合いに行っとるんですわ。カラオケやりにね」

と、老人が言う。

「こちらこそ突然お邪魔して」

清花はお茶を配るのを手伝った。土井と清花の正面に老人がいるので、お茶が行き渡ると達弥は座布団も使わず老人のそばに胡座《あぐら》をかいた。

「ソメ村の案山子《かかし》の話を聞きてえんだと。ほれ、本家で爺《じい》ちゃんたちがやってたろ？紋付き袴《はかま》で田の神さんを迎えるヤツとか」

「ソメ村には貴重な風習があったと聞いています。工場が建つ前に調べて、文献などに残しておきたいと、何通かメールが来ているんです」

「村だったとこにな、道が拓《ひら》けて半導体の工場が建つんだと」

「知っとるよ」

老人は達弥に答え、そして庭へ目をやって、ポツン、ポツンと話し始めた。

清花はそれを書き留めるため、ペンと手帳を出して膝に置く。

「あの……まあ……なんだ……ソメ村ちうのは俗称だでな。不破ってぇのが本当の名前だ。なんでソメ村かと言うと、『ソメ』っちうのは『案山子』のことでさ」

清花は土井と視線を交わした。老人は笑いながら言う。

「岐阜と愛知と長野のあたりじゃ、案山子をソメと呼ぶんでな、田んぼと案山子が多かったんで、そう呼ばれていたってことだ」

「な～る～ほど……ソメは案山子のことでしたか」

土井が大仰に頷《うなず》いた。

「特別に案山子が多かった、ということでしょうかね？」

「他と比べたことはないが、多かったかもしれねえなあ。あんな当時の話だからな」

「俺もガキの頃には案山子を作ったりしましたよ？　友だちと。けっこう楽しかったですけどね」

と、達弥が言った。

「あれがなあ……カカシヨビとカカシアゲは……」

と、老人は身を乗り出した。

「べつだん独特な風習だとも思わんかったが……畑仕事が始まる前に、神さんを呼んで案山子に降ろす。すると農作業が終わるまで案山子が田畑を守ってくれると、こういうわけだ」

「そのとき神迎えの祭事をするわけですね？」

土井が老人を見て訊《き》いた。彼はグビリと茶を飲んで、茶碗《ちゃわん》の中を見つめて答えた。

「ソメ村に限ったことじゃなく、似たような行事は、昔はどこでもしていたのと違いますかな？　春ゴト、夏ゴト、秋ゴト、冬ゴトと、行事はしょっちゅうありましたがな。今にして思えば、そういうのがあったんで、山の生活も退屈ということがなかったのかも知らん……座敷のカレンダーに印を付けて、子供心に楽しみにしとった記憶があります。何々ゴトの『ゴト』というのは行事のことで、次第に廃れていったのは、生活が便利になって、余計に忙しくなったからだと思っております」

「同感です。暦の行事は年々廃れていきますね。季節感もなくなっていく……田の神を迎える祭事は各地にあったようですが、今でも細々と残されている地域では、民俗文化の保存と継承のために、民俗資料館などで公開しているケースもあります。まあ、元々は家ごとに独自の仕来りに則《のっと》っていたわけで、今に残る一つのケースがすべてというわけではありませんがね。だからこそ、こうした調査が重要なのだと、ぼく個人は思っています」

「資料館でやってるんですか？」

　達弥が興味深げに訊いてきた。

「民俗に興味がある人は想像以上に多くて、ですね、懐かしさと新しさを同時に感じると、若い人や外国人にもけっこう人気があるそうです。民俗文化を体験できるかたちで残そうという動きは、むしろ活発化しているように思います」

「ああいうもんは、他人に見せるためにやるもんでねえ」

　老人は小さく言った。

「神さんと家のやりとりを見世物になぞすれば、罰が当たるわ」

土井はいつもの飄々《ひょうひょう》とした顔で、老人のほうへ向き直る。

「ソメ村の神は苛烈《かれつ》でしたか」

罰が当たるという言葉の奥に、なにか感じたのだと清花は思う。

「神様っちうのはそういうもんだべ？　畏《おそ》れ多いと敬うもんで、見世物じゃねえ」

「わかります。この国にはもともとその種の畏れが生きていました。我々の先祖はそうやって自然と共に生きてきたわけです……北陸の農耕儀礼では、暮れの始めに夫婦《めおと》の神を自宅に招き、立春の二月までもてなして帰すのですが、ソメ村ではどうでしたか？」

まるで学者のように土井が訊く。老人はチロリと土井を見た。

「田の神さんを迎えに行くのは代掻《しろか》きの前だ。水がぬるくなる前に、家の主《あるじ》が紋付き袴で迎えに行くさ」

「それは山へ迎えに行くわけですか？　田の神は一般的に山の神で、山から来ると言われていますが」

「いんにゃ」

と、老人は頭《かぶり》を振った。

「うちは田んぼへ行ってたな」

「うん、そうだった、そうだよね」

と、脇から達弥が言った。

「春先に注連縄《しめなわ》を張り替えてお参りしたのを覚えてるもんな。そうか、爺ちゃんたちはあそこへ迎えに行っていたのか」

「そういうことだ」

老人は頷いた。

「石はなんかの目印だったの？　俺は子供の頃から不思議に思っていたんだけどさ、田の神さんとしか教えてもらえなかったんだよね」

「ずっと知らずに来たんですか？」

清花が問うと、達弥は苦笑して言った。

「田の神さんだと言われてそのままですね。さほど興味もなかったし、淑子叔母《おば》ちゃんの話を聞くまで忘れていたくらいです」

「淑子さんの話では、サッカーボールくらいの丸い石だと」

「海の石だよ」

と、老人が答えた。

「わざわざ海まで行って拾って来るんだ。山の石は丸くないから目印になる。大体が、一番いい田の真ん中に、土を盛り上げて置いてある」

「すべての田んぼに置きますか？」

「そうじゃないと思うがな……本家にはあるが、分家にはない。本家の田んぼも全部にあるわけでもない。一番いい田んぼだけだな」

「なぜでしょうねえ」

老人は「ふふん」と笑った。

「なぜだかなあ……昔からそういう決まりで不思議とも何とも思わなかったが、親たちも大事にしていたよ……代掻きの前に田の神さんを迎えに行って、入る案山子に引き合わせ、田んぼが終わると庭に招いて、臼《うす》に餅《もち》など供えてな、農機具や簑《みの》を案山子に見立てて労《ねぎら》って、おかげさまです、ありがとうございましたと手を合わせ、田んぼの案山子は必ず燃やす。案山子をそのままにしておくと、抜け殻に悪い神が懸かって、歩いて悪さをすると言うんだ。子供の頃はそれが怖くて、案山子と目を合わせないようにしとったさ。目が合うと獲《と》りに来るぞと言われてな」

「さらいに来るという意味ですか？」

老人は答えなかった。

「代掻きの前だけじゃなく、盆や正月にも御神酒《おみき》を供えてなかったかい？　なんとなく覚えてる気がするんだけどな」

「拝んでいた。盆暮れは日が昇る頃に樒《しきみ》と酒を供えてな」

「それはいつ頃からあった風習ですか？」

土井が訊くと老人は笑った。

「いつ頃って、儂《わし》の生まれる前からあったと違うか？　案山子《かかし》に依《よ》り憑《つ》くのは山の神。山の神は農業の神だ。田んぼの石はその神さんの祠《ほこら》みたいなもんじゃろうかな……儂はそう思っとったが、違うかな」

「田の神迎えの祭事では、どういうことをされるんですか――」

目が合うと獲られるという部分には触れず、土井は質問を投げていく。

「――淑子さんの話では、田の神様が来ると座敷が閉じられ、子供が見ることは許されなかったそうですが……家主しかいないはずの座敷から話し声や笑い声が聞こえて怖かったと」

「そりゃ『もてなしの声』だよ」

たいしたことではないと言うように老人は答えた。

「見えない神さんをもてなす声さ。人にやるよりずっと気を遣ってな、自分でもおかしな感じがしたさ。酒を振る舞ったり膳《ぜん》を勧めたり、ときには笑ったりもする。独り芝居と言えば聞こえがいいが、見えないものを相手にするわけだから、人には見せんし、見て欲しくない。だから襖《ふすま》を立て切るわけだ」

「な～る～ほ～ど……」

真面目な顔で土井は頷《うなず》く。

「祭事というより神事に近い……ある意味、真剣勝負ということですね」

一呼吸置いてから、

「命に関わるからですか――」

と訊《き》いた。

「――祭事をきちんと行わないと、案山子が誰かを連れていく。村にはそんな『迷信』があったんですね」

土井は敢《あ》えて『迷信』と言う。老人の気持ちを揺さぶるためだ。

いよいよ核心に触れるだろうかと、清花は少し緊張してきた。懸命にメモをとりながら、老人の表情を探り続ける。脇から達弥も口を挟んだ。

「珠々ちゃんがいなくなったとき、爺《じい》ちゃんたちはヒソヒソ話をしてたよな？　あれは『田の神さん』のせいだと話してたんか？」

「めったなこと言うなよ」

老人はギロリと睨《にら》んだが、若い達弥は平気な顔だ。

「俺は十五かそこらだったけど、爺ちゃんたちが『またか』と言うのが聞こえたよ。なにがまたかと思っていたけど、ヒロちゃんの妹が川で死んだろ？　あれのことを言ってたのかな。熒ちゃんも結局見つかってねえわけだしな」

「珠々子さんのことは淑子さんから聞いています。村では他にもそうした事例があったんでしょうか」

清花が訊くと、老人は長いため息を吐いた。

「……あのなぁ……」

少しだけ間を置いてから、話し始める。

「米しか仕事のない村だから、若い衆が街へ出て行って、残った年寄りも死んじまったら、ポツポツと家が空き始めてさ。珠々子のときは隣の家が『田の神さん』をしなかったんだよ。子供が街へ下りたんで田んぼも畳むと、あの年は米作りをしなかった。そしたら珠々子がああなった。儂は淑子に言えずに黙ってたけども、隣の家に塚田の婆さんが怒鳴り込んで来て、おおごとだったよ」

「そんなことあったっけ？」

「おまえたちは出かけていたから知らんのだ。まだ消防や警察が珠々子を捜しているのに、田んぼを粗末にしたせいで珠々子が案山子にされると騒いでな……かわいそうに、止めに入った吾平さんまで糞味噌《くそみそ》に怒鳴られて、目も当てられんほどじゃった……正直言うと、儂らもあの剣幕を見て村を出る決心がついたというか……あの頃に工場の話があればよかったが、人がしょっちゅう消えるのは、儂らだって気味悪かったさ。消えた嫁さんが田んぼに立っているのを見たとか、どこぞの死んだ爺さんが野良着姿で畑にいたとか、それがよく見れば案山子だったなんて話は、昔からずっと村にはあった。だからあそこはソメ村なんだ。生きた人間より案山子のほうが、いつかは多くなるんじゃないか、そう言う者も多かった。苦労して収穫しても米で喰《く》っていくのは難しい。そういう時代になってたからな」

達弥は無言で土井を見た。

淑子が案山子になった娘を夢に見たのも、そうした背景があったせいなのか。

「その、怒鳴り込んできたお婆さんというのは、どういう方なんですか?」

土井がしれしれと質問すると、老人は苦々しい顔をした。

「庄屋《しょうや》の一族ですわ。あのあたりで塚田と言えば地主の筋で、江戸の頃に集落を興した家ですな。山の中腹にでっかい家が……蔵屋敷とでも言うのかどうか、まわりをぐるっと米蔵と塀で囲ってあって、裏庭にどでかい楠《くすのき》が見えますわ。大きな声では言わねえけども、戦後の農地改革で小作人に土地を奪われたと怨《うら》みに思っているような、そんな感じの婆さんで、あの家は男子が育たないから、正芳《まさよし》さんも婿養子だったよ。それで、その息子らも戦争や病気で次々死んで、末っ子の吾平さんだけ残ったんだが……まあ、血筋が呪われてるなんて陰口叩《たた》くもんがいたくらいでさ」

「俺らも子供の頃は肝試しに行ったりね。婆さんは怖い人で、鎌持って追っかけてくることもありました」

「こんでれすけが、そんなことをしとったか」

「ガキだったからな。まあ、でも、吾平さんはいい人ですよ？　あの人だって婆さんのせいで結婚できなかったんだよな？」

「できなかったんじゃなく、しなかったんだ。うちに嫁に入ると苦労をさせると言ってたよ。縁談話は腐るほどあったと違うかな。だが、全部断ってしまうんだ。まあ、外へ働きに出られるわけでなし、嫁と姑《しゅうとめ》に挟まれたら地獄だからよ」

「生まれてからずっとあの村に暮らしておられるわけですね」

「や……ずっとってわけでもねえな」

　老人は過去を見るように目を上げた。

「名古屋だったか大阪だったか、都会へ働きに出ていたこともあったんだよ。成人して五、六年かな」

「跡継ぎを出してしまうと、田んぼもあるのに大変でしょう」

「正芳さんが元気なうちは別にどうってことねえわけさ。吾平さんの姉たちが嫁に出ていて、家族で手伝いに来ていたし、吾平さんだって田植えや稲刈りには戻ったし」

「ああ、なるほど」

「それが……いつ頃だったかなあ……正芳さんが事故に遭ってさ。土起こししていて耕運機に脚を挟まれたんだよ。あれがほら、坂んなってる場所は気ぃ付けねえと危ないんだよ……あんときは怪我人をトラックに乗せて、救急車が来るところまで運んでさ、やっと病院に入れたんだよ。かれこれ二カ月くらいは入院になって、これからどうするんだろうと心配してたら、いつの間にか吾平さんが帰って来ていた。正芳さんはそれから一年も経たないで脳溢血《のういっけつ》で死んだから、あれが寿命で、そういう運命だったんだろうがな」

清花は篠本フミ子という女性のメールを思い出した。彼女の姉はソメ村の米農家に嫁入りし、二十一歳で失踪《しっそう》した。失踪後、夫は本家の勧めですぐに後妻を迎えたという。福子がまとめた資料によれば、嫁ぎ先の名字は塚田であった。

なるほど、縁談をまとめさせたのは正芳夫妻だったということか。

「ソメ村は塚田姓の家が多いんでしょうね」

清花が呟《つぶや》くと、「そうさな」と、老人は答えた。

「分家は多かったが、どこの集落もそんなだべ。そうは言っても『つわものどもが夢のあと』だよ。吾平さんだって儂より上だし……もうな、わからんな」

「それが、秀ちゃんの話じゃさ、吾平さんも婆さんも、まだソメ村にいるんだってさ」

老人は目を丸くして「ほうか」と言った。

「こりゃたまげた。あの婆さんが、よくも工場が建つのを許したな」

老人は土井と清花に目を向けた。

「あんたらが村に入るのは勝手だが、塚田のババアに牛のクソでも投げられんよう、用心したがええ」

「さすがにそんなことできる歳じゃないだろ」

達弥が笑う。土井は愛想笑いをしながら訊いた。

「ときに田んぼの丸い石ですが、写真を撮らせてもらったり、場合によっては動かして調べたりしてもよろしいでしょうか」

老人はしばし考えた。

「どうだかなあ……もううちの土地じゃねえわけだから、黙ってたって工場ができるときは何もかも一緒くたにされちまうんだと思うが……代掻《しろか》きしても石の周辺は掘り返さない、そういう仕来りのものだったからよ、儂《わし》がどうぞとは言えねえな」

「ときに、掘り返せない場所というのはどの程度の範囲でしょうか」

「どうって、おめさん……」

土井の問いかけに達弥と老人は顔を見合わせた。

「石の下の草が生えてるところで、せいぜい直径五十センチかな」

「そうだ、そんな程度だな。そこだけ土が盛ってある」

土井は頷き、それ以上は問うのを避けた。

その後は庭を褒めるなどして切りのいいところで老人に礼を言い、達弥と共に玄関へ向かった。引き違い戸を開けて外に出たとき、見送りに来た達弥が言った。

「敬三叔父《おじ》さんはああ言ってましたけど、もはや水田でもない荒れ地ですから、掘り返したってかまいませんよ」

立派な男松の下をくぐって空き地まで来て、さらに言う。

「淑子叔母《おば》ちゃんは、珠々ちゃんが石の下にいると思ってるんですよね？　俺としてはそれで叔母ちゃんの気が済むのなら、あんな田んぼは全部掘り返したっていいと思っているんです。ただ、あの田んぼじゃ、珠々ちゃんがいなくなって数年は米を作っていたわけで、なにかを埋められるはずはないとも思います。いなくなったときはまだ稲があったし、そのあとも爺《じい》ちゃんや親父が作業をしていたんですから」

確かに達弥の言うとおりだ。現役の田んぼに遺体を遺棄するのは不可能だろう。それでもそこに埋まっているというのなら、珠々子は失踪後も数年間はどこかで生きていなければおかしい。いや、実際にまだ生きているのかもしれないけれど。

「俺は秀ちゃんにも話したんですよ。あんなところを掘っても土井さんたちに無駄骨折らせるだけじゃないかと。だけど淑子叔母ちゃんの気持ちもわかるんで……だからもし、石の下を掘るときは、秀哉に電話をしてください。都合が合えば俺も一緒に田んぼを掘るのを手伝いますんで。秀ちゃんともまた話しておきますし」

「それはありがたい」

と、土井は真摯《しんし》に礼を言う。
清花と土井は達弥に見送られて佐久間家を後にした。

第五章　幽霊騒ぎ

同日の十八時過ぎ。清花と土井は再び平谷村の道の駅に落ち着いた。今から旧ソメ村に戻っても、暗くて石を探せないからだ。入浴を済ませてから駐車場の片隅で簡単に夕食の準備をする。キャンカー生活二晩目は清花が調理を請け負った。

土井がここまでにわかったことを文書にまとめて福子に送っている間に、車内の簡易キッチンでアルミホイルを広げて皿形に折り、真空パックに入れて持ってきたカット野菜を上に広げた。薄切りの豚バラ肉と野菜を交互に重ね、秘密兵器のアウトドアスパイスを振っていく。自宅のようには調味料を常備できないので、絶妙に混じり合った塩とスパイスが一ビンに詰まっているのはありがたい。少量の酒を振り、チューブのバター入りマーガリンを絞るとアルミホイルごとフライパンに載せ、蓋《ふた》をして少量の水で蒸し焼きにする。コンロに火が点《つ》く音を聞き、締め切った扉の奥から、

「換気してね」

と、土井が言う。車内で火を使うと一酸化炭素中毒になる危険があるからだ。ベンチレーターを稼働させ、窓を網戸にして換気する。

桜餅《さくらもち》を買った和菓子屋の隣に手作り豆腐の店があり、そこで買い込んできた木綿豆腐は半切りのまま出汁《だし》と醤油《しょうゆ》でサッと煮込んだ。器に汁ごと盛り付けてカツ節と刻みネギを散らし、一品とする。昨今は刻みネギがパックで売られていて便利だと思う。多少香りは飛んでいるが、まな板や包丁を汚さないので旅で使うには申し分ない。

肉と野菜の重ね焼きはフライパンのままテーブルに出す。アルミホイルに染み出た汁も豆腐にかけていただく。荷物がコンパクトで場所をとらないこと、極力水を使わずに済むこと、ゴミが出ないこと、安全であること、調理が楽で素早くできて美味《おい》しいこと。清花もキャンカー生活に慣れてきた。以前は調理を土井に任せてインスタントの袋麺《ふくろめん》ばかりだったけれど、この夜は彼が通信を終える頃には夕食の準備が整っていた。

「万羽さんにメールしたよ」

そう言って通信室を出てきた土井は、テーブルを見ると、

「おいしそうだ〜」

と、奇声を上げげた。

肉と野菜の重ね焼きが湯気を立て、スパイスとバターの香りがしている。

「野菜中心にしましたよ。ボスが炭水化物ばっかり食べてて心配なので」

「さすがご明察」

土井はいそいそとテーブルに着き、エプロンを外した清花が向かいの席に座るのを待つ。以前は車内にエプロンすら置いてなかった。携帯用食材を用いて作った雑炊が何だかわからないものに化けたのも、今では笑える思い出だ。

いただきますと頭を下げて、清花と土井は食事を始めた。

「あの案山子《かかし》ですけれど……作っているのは塚田吾平さんということですよね？　村には他に住んでる人がいないんだから」

「う〜ま〜い〜」

と、土井がつぶやくのを見ながら清花は訊《き》いた。村はずれの森には子供たち、村へ入る藪《やぶ》にも少女の人形……明日はさらに奥まで行く予定だが、もはや水田も畑もなく、藪と廃屋ばかりになったあの場所に、彼はなぜ人形を置くのだろうか。

「どっかから案山子を運んでくる酔狂な人がいるなら別だけど、まあ、普通に考えるとそうなるよねえ……百歳越えのお母さんには年齢的に無理だろうし……希《まれ》にスーパーなお年寄りもいるけども」

「今のお年寄りは元気ですよね。昔は八十を越えたらヨボヨボになるイメージがあったけど、今の八十代は矍鑠《かくしゃく》としてますよ。佐久間家の敬三さんもダンディでしたし」

「九十越えてもゲートボールとかやってるしねえ。個人差はあるとしても昔ほど年寄りって感じはないね……ていうか、むしろ八十過ぎの人たちのほうがギラギラしている。今の若者は行儀がいいというか、大人しいから」

「そうですね……どうします？　塚田家にはこちらから挨拶《あいさつ》に行きますか？」

その場合はまたどこかで手土産を用意しないと、と考えながら訊くと、

「うーん……そこなんですよ……どうするのがいいか……うん……」

土井は考えながら野菜を食べる。調理するのが面倒なだけで、野菜嫌いというわけではないようだ。

「一応ね、最後の住人に挨拶する気で、佐藤教授の本は持って来たんだけどさ」

「佐久間家へ置いてきちゃったじゃないですか」

「いや、まだあるよ」

「何冊送ってくれたんですか」

呆《あき》れて清花はそう訊いた。

「全部で八冊かな。五冊買ったらオマケで三冊ついてきた。しかも一冊数千円もする本なんだよなあ……学術書は発行部数が少ないから割高になるみたいだけども、ぼくからもお礼の電話をしたら、笑っていたよ。保管庫代がかかるから、今年からは在庫を引き取るか保管庫代を支払ってもらいたいと、版元から通知が来たんだってさ。よ

ければまだありますと」

「なんかシビアな話ですね」

「まあ、本は重いしね……でもさ……学者が本を書いてくれるから、ぼくらは知識を得られるわけだ。ありがたくて立派な仕事だよ」

土井はそう言ってから、清花を見た。

「村へ入って様子を見てからってことでどうだろう？　塚田家の母親の話を聞く限り、こっちから挨拶に行くと吾平さんに迷惑をかける可能性もあるようだから。村に入ったら先《ま》ず佐久間家の田んぼを探す。もしも誰かを見かけた場合はフレンドリーに声をかけて挨拶してみる。その場合は事前情報を持っていない振りをする」

「見かけるかしら」

「行ってみないとわからないけどね、自分は学者だと、常に忘れないようにしたほうがいい。死体を探しているとは思わないこと。ＯＫ？」

「はい」

と、清花が頷《うなず》いたとき、テーブルに置いていたスマホが震えた。手に取ると、義母《はは》の澄江からメッセージが入っていた。

——襟元がゆるくなった桃ちゃんのティーシャツと、水色のショートパンツだけど、学校へ持たせていいかしら？——

「家からかい？」

と、土井が訊く。

「義母からです」

清花は返信を打ち込んだ。

――いいですけれど　なんですか？――

――田植えをするのに汚れてもいい服を持たせてくださいって――

――お手数かけてすみません　シャツもズボンもＯＫです――

しばし時間を置いてから、

――じゃあ持たせるわね――

と、返信が来た。たぶん桃香と箪笥《たんす》の前で服を探していたのだろう。いよいよ稲田係が始動するのだ。

――ありがとうございます。よろしくお願いします――

と、返信をした。義母には感謝してもしきれない。

――はい（ニッコリマーク）――

義母はそう返してメールを終えた。

「このまえ牡鹿沼山村の奈津実ちゃんと会ったとき、桃香は、どうしたら一年生のお姉ちゃんになれるかと彼女に相談したんです」

「ヒソヒソ話していたからあれなんですが、積極的になったらいいよと言われたみたいで、立候補してバケツ田んぼの係になって……いよいよ田植えが始まるようで、汚れてもいい服を持って行きたいと」

「うん。それで？」

土井は目を丸くして、

「すご～い～」

と、笑った。

すごいのはボスよ、と清花は思う。奈津実とも阿久津とも佐藤教授とも、仕事で関わった人たちとの縁を切らない。それが別の縁に繋《つな》がって、案山子の調査に来ているなんて。

何人もが消えた村。それ自体も消えていく村。関わらずとも責められる筋合いのない案件に、土井は敢《あ》えて挑もうとする。ここはそういう部署だからと。

清花はテーブルの下でグミのケースを開けると、メロン味を一粒口に含んだ。

刑事だったときは捜査の始めに死体があって、被害者を死体にしないための捜査はできなかった。けれど今……嚙《か》みしめるグミの味に武者震いを覚えた。

左遷されて幸甚だったと、心から思う。

キャンカー内での清花の寝床は最後尾にある二段ベッドの下側で、上段は荷物置き場として空けてある。早起きの土井はダイニングのソファをベッド展開してそこで休むが、これに勇が加わると、男二人が最後尾の二段ベッドを使って清花がダイニングで寝ることになる。配属された当初は寝床もうまく定まらず、勇が床で寝ていたりしたが、今ではパターンも決まってスムーズになった。

上体を起こせば頭をぶつける狭いベッドで、清花は桃香にお休みメールを送った。一年生になったばかりの頃は電話で声を聞きたがったが、今では勉のスマホの操作を覚えて勝手にメールをしてきたりする。

カカシ係がんばってね、と送ると、イナダ係だよ、と返信が来て、ママおやすみ、と言葉が続く。パパもおやすみって、追加でそんなメッセージが来たときは、不覚にも幸せだなどと思ってしまった。勉は桃香のパパだけど、もはや自分の夫ではない。それなのに、穏やかで幸せな家族を持っているような錯覚をする。結婚していたときよりずっと義母や勉に対する不満はなくて、むしろ感謝しているくらいだ。

「母親でいさせてくれてありがとう」

口の中でつぶやいて眠りに落ちた。

翌朝は目覚めのコーヒーを飲んですぐ出発した。

今日はいよいよソメ村に入る。一昨日子供の姿を見かけた道では土井に速度を落としてもらい、脇の斜面を見上げていくと、

「あった。やっぱりありました」

進行方向左手上方に続く森の木陰に、こちらを見下ろす子供が見えた。

「ほんとうだ～」

運転席から首を伸ばして土井が言う。よく見れば、飛び出し注意の啓発用に作られたものらしい。FRPと呼ばれる繊維入り強化プラスチックで形成された人形が、服を身につけ、今にも崖《がけ》から飛び降りそうに森の縁に立たされている。

「一瞬目の端をよぎったときは、本当の子供に思えてギョッとしました。今もやっぱり子供に見えるわ。危険な場所にいるからかしら」

わずかに進むと、さらに二体の人形がいた。追いかけっこをするようにポーズを付けて置かれている。何かから必死に逃げているようにも見える。

「気持ち悪いというか、薄気味悪い……なにが目的であんなところに……」

清花はポケットからグミを出し、梅とレモンを同時に噛んだ。

この日は霧が出ておらず、自然に還《かえ》ろうとしている村の様子がよく見えた。

村境に佇《たたず》む石の地蔵と松の木と、かつては畑だったであろう藪《やぶ》。ひび割れに草が生え出たアスファルト、轍《わだち》を示す砂利の道。淑子が手描きしてくれた地図を見ながら、

清花と土井は佐久間家を目指す。

所々に廃屋がある。茅葺《かやぶ》きが朽ちて落ち、骨だけになった屋根の下に板戸が残っているものや、まだ住めそうではあるけれど、近づけば雨戸が倒れて中が丸見えになった家などが、草地の随所に現れる。そうした家の縁側に腰を下ろした人がいる。目をこらせば人形で、布に墨書きされた顔の無表情さにゾッとする。そうなのだ。

「なんだろう……顔が……」

と、清花は言った。振り返ると家も案山子《かかし》も過ぎ去っている。

「顔がなに？」

土井は速度を落として訊《き》いた。

どこかで鶯《うぐいす》の声がする。

春風は柔らかく、天気もいいのに、なぜか薄ら寒い感じだ。

「気がついたんですけど、人形というか、案山子の顔が、奇妙です」

「顔？」

と土井はまた訊いた。

清花は運転席に身体を向けて、遠くに頭だけ見える案山子を指した。

「子供の人形を見たときは、すぐには気付きませんでした。既製品を再利用していたからです。そもそも既製の人形がかわいい顔に作ってないし……それは仕方がないとして、布で作った案山子ですけど……」

話している間にポンプ小屋が見えてきた。佐久間家の近くにあるという小屋だ。

その前に、日除《ひよ》け布がついた農作業用の帽子を被《かぶ》った案山子が立っていた。首に手ぬぐい、長靴を履いて手甲をはめ、黒い前掛けを着けている。上半身はチェックのシャツを着ているが、穿《は》いていたズボンが緩かったのか、腰から落ちて足首に引っかかっていた。土井の車はその脇を、歩く速度で通過する。

二人は無言で案山子を見つめ、

「ううむ」

と、土井が低く唸《うな》った。

案山子の顔は、目も鼻も口もすべてが、一の字だけで描かれていた。

「鳴瀬さんさ」

と、土井が言う。今回の調査は互いに名字呼びだと決めたから、村に入ったとたんに土井は、『サーちゃん』ではなく『鳴瀬さん』と呼び方を変えたのだ。

「さっき森にあった子供の人形……手に持っているものを見た？」

なぜそんなことを聞くのかと、清花は少し不気味に思った。

「手？　手になんて……なにか持っていましたか？」

「見間違いかもしれないから黙っていたけど、鬼ごっこしていた子供の、後ろの方がさ、刃物を持ってるように見えたんだよね……鉈《なた》みたいな？」

「ええっ」

清花は思わず身を引いた。

「鉈？　どうして？」

「いや、ちょっとそんな気がしただけだけど――」

そう言ってから土井は清花を見た。メガネの奥の眼光に鋭さがある。

「――それで、案山子の顔がどうしたって？」

「ああ、はい。上手《うま》い下手は別にして、顔って普通は笑顔に描かないですか？」

「そうかもね……でも、案山子は鳥を追い払うためにいるんだから、怖い顔にすると
いうのもあるんじゃないかな」

「そうかもですが、怖い顔でもありません。ここの案山子は表情がない。敢えて言う
なら死人のようです。それがゾッとするんです」

「あー……それは……たしかに……」

話しているうちにポンプ小屋を通り過ぎ、佐久間家と思《おぼ》しき建物が見えてきた。

その家は広い道から奥まった場所にあり、農道の両側が草藪だった。その藪にも人影がある。人ではなくて案山子だが、草陰に見え隠れするのは上半身だけで、農作業をするかのように屈《かが》んだ姿勢で置かれている。

土井は農道の手前で車を停めると、風景を見渡してから言った。

「坂下巡査部長の手帳にあったとおりだね。失踪《しっそう》当夜、珠々子さんはここで村の人たちと別れて佐久間家へ向かった」

「距離にして八十メートルというところでしょうか。わずか数分……横道もない」

「畦道《あぜみち》はあるはずだ。両側が田んぼなんだから」

「悲鳴が上がれば聞こえたはず、というのはその通りですね。でも街灯はない。あるのは家から漏れる明かりと、月明かりくらいでしょうか」

「誰かが潜んでいてもわからない」

「そうですが、拉致《らち》されたとするなら不自然です。畦道は狭いし、その場合は足跡が残ったり稲が倒れたり、草履や下駄《げた》が脱げたりと、痕跡《こんせき》があったはずでは？」

「ぼくもそう思う。誘拐ならば顔見知りの犯行か。もしくは万羽さんが言うように彼氏と待ち合わせしていたとかね」

「同年代の男子ではなかったのかもしれないですね。年齢的に釣り合う相手に絞っていたから捜査対象にならなかったということもあります」

「でもまだ十四歳だしな……うーん……でもまあ、そういうこともないとは言えないのかもしれないけども」

「どっちなんですか」

珠々子が消えたと言われる場所は佐久間家へと真っ直ぐ延びる農道以外、ススキや葦《あし》に覆われて、見るも無惨な有様だ。案山子はそうした草藪のなかに、身を隠すようにして佇んでいる。その顔が同一の無表情さを持っていると想像すると、清花は心が凍える気がした。寂しいから案山子を置いたというよりも、どうしてこんな状況にしたと案山子が訴え、呪っているように思えたからだ。

土井は車をバックさせ、ハンドルを切って農道に入った。道は狭いが真っ直ぐなので、佐久間家の敷地へ行くのに支障はなかった。右の田んぼも左のそれも、葦とススキが身の丈ほどに茂っている。昨年生え出てそのまま枯れて、折れて倒れている場所に、案山子の姿が見え隠れする。田の神を記した小さな石など、近くまで行かねば見つけることはできそうにない。田んぼの中の小高い場所も今ではまったくわからない。長靴を持ってきて正解だったと、心から思った。

佐久間家は田畑から少しだけ嵩上《かさあ》げされた場所に、二百坪以上の敷地を有して残されていた。入口左右をレンガブロックの塀で囲んで、なにもない前庭を三和土《たたき》のように固めて、納屋で囲んだ構造だ。外便所があって肥溜《こえだ》めが掘られ、肥溜めの脇が農機具小屋で、リヤカーや筵《むしろ》や桶や農機具などが置き去りにされていた。

入口反対側の納屋には丸太の柵《さく》が設《しつら》えられて、内部に藁《わら》や水桶などが残されている。

馬とか豚を飼った跡だと思われた。庭に梅の木があって、太めの幹にロープが二本、結ばれたままになっていた。板を渡してブランコにでもしていたようだ。母屋は健在に見えたが、雨戸を立て切り、玄関も大戸が閉まっているので中の様子はわからない。

土井は佐久間家の庭へ車を乗り入れ、方向転換してフロント部分を農道に向けた。

「やあ助かった。外便所があるじゃない」

それは納屋とクルミの木の間に設えられた一坪程度の小屋であり、石の階段を数段上ったところに板戸が一枚ついていた。ボットン便所と言えばいいのか、清花にとっては登山道などでしかお目にかかったことがない仕様であった。それでも廃屋のトイレを借りるよりはありがたい。キャンカー捜査に出るたびに、食べて出すという当たり前のことを考える機会がやって来る。

時刻はまだ昼前だ。ホームベースが決まったので車を降りて佐久間家の敷地を見て行くと、淑子が話してくれたとおりに母屋の裏に井戸があり、野生化したブドウや果樹園が残されていた。住む人が消えて蔓性《つるせい》植物に絡みつかれたままの木にも花は咲き、今は赤みを帯びた新芽が出ている。風は日向《ひなた》の匂いがし、積んである丸太の上でクビキリギスが休んでいた。

「素敵な民家ですけど、人がいないと、どことなく寂しい感じがしますね」

「うん。こういう家に憧《あこが》れもあるけどさ、昔みたいにすべてをここで完結できるわけでもないから、便利な方へ、便利な方へと、人は移動しちゃうよな」

黄色い蝶《ちょう》が飛んできて、ひょろひょろになった菜の花の合間に姿を消した。

「工場ができたら、この景観が一切合切なくなるんですね。一つの村が消え去ると」

「そしてとても便利になる」

土井は眉毛《まゆげ》をハの字にした。

「それじゃさっそく、『田の神さん』を探すとしますか」

山のほうから鳥が飛び立ち、サヤサヤと風が吹き、ときおりどこかでジージーと虫が鳴く。それ以外、村はあまりに静かであった。

清花らは車の収納庫を開けて長靴や革手袋などの装備を取り出し、淑子が手描きしてくれた地図を広げて石がある田んぼの位置を確認した。佐久間家の敷地は農地よりも高いので、草藪《くさやぶ》になった田んぼが見下ろせた。随所に案山子《かかし》の頭が覗《のぞ》いている。鳥を追い払うというよりは、草藪で迷子になった人さながらだ。

「畦が隠れて区画がよくわからないけど、大体あの辺りかな」

土井が指す方向を見て区画の数を頭に入れた。向かって右側、手前から三反向こうの田んぼに、丸い石はあるようだ。

「じゃ、行きますか」

土井は頭から手ぬぐいを被って顎《あご》の下でキュッと結んだ。それが妙に似合っているものだから、清花は噴き出しそうになる。

「なに？」

「いえ別に」

答えたとたんツボに入って、可笑《おか》し涙を必死に堪《こら》えた。

「笑ってるけど、草で切ったら痛いんだよ？　ああいう草はカミソリみたいで、触って引けば簡単に切れるんだから」

「わかってます、わかってます」

と、言いながら清花も頭に手ぬぐいを載せ、その上から持参したキャップを目深に被《かぶ》った。首にも手ぬぐいを巻き、ポケット深くにスマホを落とし、筒状に丸めた地図をズボンの背中にさし込んだ。佐久間家の納屋に農具が残されていたので、

「あの鎌を借りていきましょうか？」

と訊《き》くと、土井は「いやあ……」と、曖昧《あいまい》に頭《かぶり》を振った。

「葦はたぶん、刈り取るどころじゃないと思うよ。今日のところは石を確認して写真に撮って、位置を覚えて勇くんを呼ぼう。写真を万羽さんに送ってさ、有識者にも見てもらおう」

「有識者って？」

「青森の佐藤教授、あとは牡鹿沼山村の阿久津さん。こないだ大島奈津実ちゃんがス

マホのお礼にメールくれたろ？　それで思い出したんだけど、牡鹿沼山村には年長者が多いから、ソメの文化を知っているかもしれないし」

「確かにそうですね。ちなみに同じ長野でも、北信《ほくしん》では案山子で、ソメとは呼びません。南信《なんしん》は名古屋色が強い気がします」

「うん。来る前に調べてみたら、カカシの語源は『嗅《か》がし』が転じたものなんだってさ。鳥獣が嫌う臭いの物を竹竿《たけざお》に挟んだり結んだりして追い払う。それが転じてカカシらしい」

「知りませんでした。じゃ、案山子が人のかたちになったのは、その後なんですね」

するとと土井はドヤ顔で清花を見た。

ときにドキッとさせる眼差《まなざ》しも、手ぬぐいが面白すぎて笑いそうになる。

「実はね、もっと興味深い話もあるんだ。カカシにはどうも、単なる鳥獣よけとは別に、神格化された『そほづ』もしくは『そほど』というものがあったらしい。そしてそっちは人のかたちをしていたという。『赭《そほ》』は赤い土を意味する言葉で、赤には魔《ま》除《よ》けの力があるよね。『山田のそほどぞ』という言葉が古事記にも出てくるようだし、平安期の歌学書にも『そほづとは田におどろかしに立てたる人かたなり』と、人のかたちをしたものを田に立てる記述があるんだってさ。つまり、カカシには神格化されたヒトガタという側面が元からあったとも言える。佐久間家の敬三さんじゃないけれど、神様だから粗末にできないという考えは理に適《かな》っているのかもしれないよ」

「なるほどたしかに……でもその場合、山から来て案山子に依《よ》るのは何の神ですか？山の神は林業や狩猟の神で、農耕の神ではないですよね」

「そうか……うーん……そうだよな……」

土井はしばらく考えてから、

「ふ〜し〜ぎ〜だ〜」

と、首をすくめた。

精一杯我慢していたけれど、ついに清花は噴き出した。きつい作業が笑いで始まるのはいいことだ。二人は佐久間家の敷地を出ると、生い茂る枯れ葦《あし》をかき分けながら荒れた水田に踏み入った。先を行く土井が藪を割り、足元の茎を踏み折っていく。かつては水を湛《たた》えて生き物を育《はぐく》んでいた水田も、土がすっかり硬くなり、植物の茎が長靴の底を押し上げてくる。かき分けるたび種や埃《ほこり》や小さな虫が舞い上がり、目や鼻や口に飛び込んでくる。わずか数歩で立ち止まり、二人は共に手ぬぐいで鼻と口を覆った。サングラスを持って来たのは正解だった。これがなければ目に相当なダメージを受けたことだろう。

長野の家のお爺《じい》ちゃんは、田んぼに葦が生えたら終わりだと言った。葦やススキは根が張って、一度生えると根絶するのが難しいのだと。清花は歩きながら、（この地面、掘れるのかしら？）と、不安に思った。

平らな部分を進んで行くと、畦《あぜ》らしきものに突き当たる。それを乗り越えてまた進む。ひとつ、ふたつ、目指す田んぼは三つ目だ。二つ目の田んぼをしばらく行くと、土井が立ち止まって振り向いた。

なんだろうと目をこらすと、藪に案山子がしゃがんでいる。一瞬だけ人に見えてギョッとして、『そほづ』に懸かる神を思った。清花は信心深い質《たち》ではないが、こんな場所で人形に神が懸かる話を聞けば恐ろしい。それがなんの神なのか、わからないからなおさらだ。

案山子は花柄の農作業帽子と薄桃色の割烹着《かっぽうぎ》を身に着けていた。両腕を前に出し、藪に埋もれるようにいる。描かれた顔はすべてのパーツが一の字だ。首を伸ばして案山子を眺め、清花は土井がなにを言おうとしたのか気がついた。案山子は長靴だけを履《は》き、ズボンを穿いていなかった。小便する姿を表しているようで、両脚の間にくっきりと性器を示す印があった。

全身に鳥肌が立ち、言葉が一つも出てこない。ひどい表情をしていることはわかったが、沸騰する衝撃に目眩《めまい》がして、なおさらに顔をしかめた。ポンプ小屋の案山子のズボンが落ちていたのも、わざとだろうか。

「……尋常じゃないね」

土井の言葉と言い方に呪いがわだかまっている。破廉恥に作られた案山子の不幸は、ある意味で事件現場に臨場したときより強い嫌悪を清花に与えた。

「誰がこれを?」

いいえ、答えはわかっている。ここにいるのは二人だけ。

土井は案山子から目を逸《そ》らし、三反目の田んぼに入るために畦を上った。

「もしかして、村中の案山子がこんなのですか」

尖《とが》った調子で訊くと、

「そこは調べてみるべきかもね」

平静な声で土井は答えた。

清花は案山子を振り返り、眉間《みけん》に縦皺《たてじわ》を刻んでケースを取り出し、梅とレモンのグミを嚙《か》んだ。哀れな案山子が置かれた理由を考えると怒りが湧いたし、作った者の悪意が村中に漂っている気さえした。その悪意がこちらを窺《うかが》っている。

思わず両手を拳《こぶし》に握った。

三つ目の田んぼに入ったが、石は容易に見つからない。それぞれに茎を踏み倒しながら、清花と土井は田の神を探した。

頭上をトンビが旋回している。見上げると空は灰色で、ときおり霧雨が降ってきた。生えているのが稲ならば一目で見渡すことができる田も、葦が茂れば視界は悪く、田の神を祀《まつ》るために嵩上《かさあ》げされた場所すら見えない。ただひたすらに茎を踏み、靴裏の感触を頼りに盛り上がった地面を探す。草の合間にコロンと置かれた石というイメージなんか現地へ入れば消し飛んで、山本が石を探せなかった理由がわかる。ひたすら葦と格闘して数十分、ついに土井が、

「鳴瀬さん！」

と、叫んだ。振り向けば葦やススキは概《おおむ》ね横倒しにされ、膝下《ひざした》くらいの高さになった場所に土井がしゃがんで、両手で地面をかき分けていた。

「見つかりましたか」

「うん。たぶん」

飛んで行きたいところだが、迂闊《うかつ》に動くと躓《つまず》いて転ぶ。長靴を履いた脚をいちいち高く上げながら、茎を踏みつけて進んで行く。土井がかき分け、両手で押さえた茎の根元にまん丸でツルツルとした石がある。地面にも土を盛った形跡があり、そばにはボロボロになった注連縄《しめなわ》が落ちていた。草に埋もれたワンカップ、樒《しきみ》を生けたと思《おぼ》しきヨーグルトのビン、供え物に用いた土器《かわらけ》などが残されている。

「……あったよ……ホントにありましたねえ……」

と、土井が言う。一度立ってから再び跪《ひざまず》き、石に手を合わせている。

清花はスマホを取り出すと石の写真を何枚か撮り、そのときになってようやく、さ

っきの案山子《かかし》をなぜ写真に撮らなかったのかと悔やんだ。

帰りに撮影して行こう。ポンプ小屋の案山子も、それ以外のものも。

「写真を万羽さんに送信します」

背中に言うと、土井は「よろしく」と地面に手を置き、

「掘れるかなあ」

と、首を傾げた。

「茎と根っこが問題ですね。スコップの先で切るしかないけど、土が硬そう」

「……そうだよなあ」

ピーヒョロロロ……とトンビが鳴いた。ほてった身体には霧雨も不快でないが、気温自体はけっこう低く、下手をすると風邪を引きそうだ。

「敬三さんの話では、秋に案山子を燃やすってことでしたよね？　そして代掻《しろか》きの頃に新しい案山子を立てる。でも……」

石を見ているうちに気になった。見渡す村には今も多くの案山子があって、それぞれ別の服を着ている。

「毎年案山子を燃やすなら、こんなに多くの案山子の服は、どこから持ってくるんでしょうか。作っているのは吾平さんですよね？」

土井も立ち上がって周囲を眺めた。

「服は……まあ……廃屋から持ってくるんじゃないかな」

「勝手に家へ入って、ですか？　そもそもお米も作ってないのに、どうして案山子をあちこちに？」

「そこなんだよねえ」

と、土井がつぶやく。そして、

「まず腹ごしらえをして、それから村を見て回ろうか」

と、言った。


佐久間家の庭の水道は山から引水しているようで、蛇口を捻《ひね》ると水が出た。飲み水に適しているかどうかは不明のため、二人はそこで手を洗い、車に戻ってカップ麺《めん》の昼食をとった。その後、通信室から福子に繋《つな》いで報告をした。

――ようやく石を見つけたのね。ホントにまん丸……これについては私から各所に写真を送って情報を募ってみるわ――

「たのむよ」

と、土井が微笑む。

――あと、勇くんにそっちへ行けと言っておくわね。レンタカーを借りるそうだけど、いいかしら？――

狭い通信室で、清花と土井は並んで席に着いている。扉を閉めているので内部は暗く、福子の映るモニターだけがやけに明るい。

「勇くんがこっちへ来たら迎えに行こうと思っていたけど、結果次第で別行動になるかもしれないから、やっぱり自力で合流して欲しいんだよね。レンタカー代くらいは返町がなんとかしてくれるだろうし」

――今回はホテル代もかかってないものね。じゃ、そのようにします――

人差し指でポンと通信を終えようとして、福子はまた顔を上げた。

――あ。そうそう……清花ちゃんが写真を送ってくれた破廉恥案山子だけど、作った人に悪意があるとは限らないと思うのね――

「どういうことですか？」

清花が訊《き》くと、

――ちょっと思ったのは、廃墟《はいきょ》マニアならぬ廃村マニアの仕業ということもあるのかなって……事実確認する前に先入観は持たない方がいいと思うわ。特に清花ちゃんは顔に出やすい質だから――

痛いところを突いてくる。

「誰かが村へやって来て、案山子にいたずらしたと思うんですか？」

――そういうこともあり得るでしょう？　ソメ村は最近ニュースになったりしてい

るし、今のうちに廃村を見たいと思う人がいても不思議じゃないし。肝試しみたいなノリでバカ者が来たのかも。それで落書き代わりにイタズラしたとか――

「な〜る〜ほ〜ど〜……あり得るね」

「そういうことなら納得できます。あれが吾平さんの仕業だと思ったら、私、本気で気持ち悪かったんですから」

――その人ってもうお爺《じい》さんでしょ？　ウンコおしっこを面白がるのは子供だけだと思うのよ。それじゃまた――

福子はニッコリ笑ってモニターから去った。ヤマンバでないときの彼女は穏やかで福々しい常識人だ。

「万羽さんって、素敵な人なのに結婚に興味ないんですかね……まあ、面倒臭くもあるけれど」

つぶやくと、

「それ、地雷だからね」

と、土井が言う。続いて福子が独身でいるわけを教えてくれるかと思ったら、勇にメールしていて見向きもしない。清花は通信室を出て、フロントガラス越しに外を眺めた。見るたび心に染みる山里の風景だ。

「……あれ？」

さっき入らなかった左の田んぼで葦《あし》が揺れ、何かが、すーっと動いた気がした。

運転席に近づいて、首を伸ばして目をこらしたが、変わった様子は特にない。藪《やぶ》に案山子の頭が見えたが、最初からそこにいたのかどうか覚えていない。動く気配も特にない。通《つ》りの向こうに廃屋が見え、それより奥には山がある。夜になっても家々に明かりが点くことはもうないのだと思うと、なんともいえない虚《むな》しさを感じた。

村の最後の住人は、だから案山子を置くのだろうか。

鳥獣を追い払うためではなくて、神なる村人を呼び込むために。

人々が暮らした跡だけ残して、集落は新しい街へと生まれ変わっていく。それは、たぶん、普通に繰り返されてきたことなのだ。建物はそれがあるときは存在感を放つのに、取り壊されれば何があったか思い出せない。人はどうだろうかと清花は考え、子孫を残すということに思いを馳《は》せた。自分を知る人がいなくなったら存在の記憶もきれいに消えて、生きた事実も消えていくのか。

——生きていたこともなくなってしまう——

ああそうか。珠々子ちゃんはそれを訴えたのだ。お母さんの夢に出てきて自分を忘れてくれるなと。私は生きていたのだと。

通信室の開く音がして、

「勇くんは明日の午後には到着するって。ついでに山本さんにも電話をしたよ」

背中のほうで土井の声が、

「……なにかあった？」

と、訊いてきた。振り返ると土井はビックリ眼《まなこ》でこちらを見ていた。

「いえ。なんか、案山子《かかし》が動いたような気がして」

答えるなり、

「ほんとだ！　動いてる〜」

土井は怯《おび》えた様子でフロントガラスを指さした。

今度は左ではなく右の田んぼで、花柄の農作業帽子をかぶった案山子が立ち上がっている。さっきはしゃがんだ姿勢だったのに、立ってゆらゆら動いているのだ。

「え……えっ？」

驚く清花を置き去りにして、土井はリアドアから飛び出した。すぐさま後を追いかけて行くと、佐久間家の敷地を出た先で件《くだん》の案山子が見えなくなった。ガサガサ、ガサガサ……と葦の原が揺れている。清花は土井と並んで立って、何が現れるのかを見守った。曇天で、空気は湿り、山には霧が湧いていた。見守ること一、二分。人影が農道へ上がってきた。案山子ではなく人間だ。清花らは田んぼへ向かった。

その人は背中に背負子《しょいこ》を括《くく》り付け、ぼろ切れを載せていた。頭には手ぬぐいを巻き、顎《あご》の下で結んでいる。作業着を着て地下足袋《じかたび》を履き、手には鎌を持っていた。

距離があるので顔は見えない。

「どうも、こんにちはーっ！」

突然、土井がフレンドリーに呼ばわった。

相手はふっと立ち止まり、こちらを向いて動きを止めた。

土井が足早に近づいていくので、清花も一緒について行く。近寄るにつれ、日に焼けて皺《しわ》だらけの顔が見え、老いた男性であるとわかった。

「……どうも――」

老人は驚いた顔で手ぬぐいを取って、

「――どちらさん？」

と、怪訝《けげん》そうに訊いてきた。

土井はかまわず近づいて、ペコリとお辞儀するなり言った。

「民俗学者です。案山子の村があると聞いて来たんですが、まさか人と会えるとは」

老人の視線は清花に向いた。清花も土井の近くへ進み、

「人形玩具研究所の者です」

とだけ名乗った。土井が言葉を重ねてくる。

「誰もいないと思っていたので驚きました。もしかして近くにお住まいですか？」

白々しくもそう問うと、老人は山の方を指さして、

「近くって……すぐそっちのほうに」

「なにをされていたんです？」

「なにってあんた……」

それはこっちが訊きたいよという顔で、彼は背負子を土井に向け、結わえた古着を見せてきた。

「案山子に罰当たりなことをするもんがいて……」

まさかあんたらが悪戯《いたずら》したのか、と、疑っているようだったので、

「本当に案山子が多いですよね――」

清花も脇からそう言った。

「――誰が作ったものかしら」

「誰って、俺だよ」

土井は大仰に両手を上げて、「それはすごい」と、笑顔を見せた。

「ぼくらはソメ村の噂を聞いて来たんです。昔は美味《おい》しいお米が穫《と》れたそうですが、よければ少しお話を聞かせてもらえませんか？　あ、そうだ」

そして清花に目配せをした。佐藤教授の著書を持って来いと言うのだ。清花は素早く車へ走り、土井がドアポケットに入れていた本を取り出した。

戻れば土井と老人は、農道で立ち話の真っ最中だった。

「……そうですかぁ。ご先祖がここを開拓されて……」

土井が山を眺めている。

「昔は種籾《たねもみ》の圃場《ほじょう》もあったんだ。あっちのへんからそっちまで、そうさな……何ヘクタールあったかな……夏は青くて秋は黄金《こがね》で、そりゃ見事なもんだった。トンボなんか空いっぱいに飛んでたよ」

持って来た本を土井に渡すと、彼はそれを老人に差し出した。

「ぼくたちは、調べたことをこんな感じの本に残しているんです」

自分で書いたわけでもないのに、佐藤教授の著書を自慢する。

「よろしければどうぞ」

「いいのかい？」

老人は満面の笑みを浮かべた。

「こんな立派なもんをもらっちまっちゃ……」

そして「悪いねえ」と、歯の抜けた口で笑った。

「さっき少しだけ田んぼに入らせてもらったんですが、すみませんでした。まさか持ち主の方に会おうとは」

「なに、俺が持ち主ってことでもねえよ。長くここに住んでるだけで、べつだんうちの田んぼでもなんでもねえんだ。村の衆がみんな山を下りちゃって、親が寂しがるから案山子を置いているってだけでさ、勝手にやってることだもの」

「いちおうは」

　と、土井は佐久間家を振り返り、

「こちらに住んでおられた方と、土地の持ち主には断ってきましたが」

「そうかい、そんならご自由に。案山子が邪魔かな？　どかすかい？」

「いえいいえ、むしろ記録のために写真を撮らせていただきたいです。あと、昔の話を聞けたらいいなと思っていたので、いかがでしょうか。ソメ村についてお話を聞かせていただくわけにはいきませんかね」

「俺にかい？」

　と、老人は照れたような顔をした。

「ええ。生活の様子とか祭事とか、そういう話でいいのですけど」

　老人はしばし俯《うつむ》いてから、

「話なんぞねえもんよ。学者先生になんて畏《おそ》れ多くて」

「そうおっしゃらず」

　清花も一緒に頼んだが、老人は本を抱えると、左右に手を振りながら農道を戻って行ってしまった。背負子の上で古着の束が、右へ左へ揺れている。

　彼が去ってからポンプ小屋まで行ってみると、案山子はきちんとズボンを穿《は》いていた。ポンプ小屋の前にある堰《せき》は水がほとんど流れておらず、汚い色になった藻がヘドロのように張り付いて、その上に灰色のカエルが喉《のど》を揺らして座っていた。

福子が言うように誰かが案山子にイタズラをして、老人がそれを直しているのだ。

「ひどいことをするものですね」

憤慨して、清花は言った。

「万羽さんは子供の仕業だと言ったけど、下品を超えて人間性を疑うわ」

立て続けにグミを口に入れると、土井がなだめるように、

「まあまあ」

と、言う。

「吾平さんはやっぱり、年齢の割に若かったねえ」

「顔つきの整ったお爺《じい》ちゃんでビックリしました。一種独特の雰囲気が……ええと……なんでしたっけ、思ったのは……往年の俳優に似た感じの人がいて」

「わかる。昔の二枚目俳優ね。なんとかマサオミ？」

そんな名前だったかもしれないが、清花は芸能人をよく知らない。

「縁談話が絶えなかったというのもわかる気がしました。お金持ちで、いい人で、しかも二枚目だったなら……ネックが親というのは不幸だわ」

話しながら集落を散策した。案山子は藪《やぶ》と化した田んぼに立っていて、見えるのは

上半身だけだ。それにしても村全体で何体いるのだろうか。作るのも置くのも管理するのも相当の労力だと思うが、案山子作りはすでに彼の生き甲斐《がい》なのかもしれない。

「寂しいから置いたと言ってましたね。お母さんを慰めるために」

佐久間家からしばらく歩いて山手を見ると、話に聞いた塚田家があった。まだ現役らしき畑や果樹園、藪化していない田んぼの先に、屋根付きの塀と蔵で囲われている。お屋敷という景観ではなく巨大な農家だ。蔵の奥にある母屋は茅葺《かやぶ》き屋根しか見えないが、背後に立派な楠《くすのき》がふさふさと枝を広げていた。

「山崩れから家を守るのに楠を植えると聞いたことがあるな」

土井が言う。

「そうなんですね。でも、あんなに大きな木だと普通は敷地がいっぱいになっちゃう。土地があるからできるんですよ」

「まあねえ」

土井は笑って、「そういえば」と、思い出したように頭を掻《か》いた。

「吾平さんを見たから話しそびれちゃったんだけど、明日《あした》、山本さんがユンボを積んで来てくれるってさ」

「なんですか？　ユンボって」

スマホで塚田家を撮影し終え、佐久間家の方向へ戻りながら清花は訊《き》いた。

「掘削機だよ。小型のユンボを軽トラックに載せて来てくれるって。葦《あし》が生えたら手じゃ掘れないと言ってたよ」

「じゃ、スコップでの労働はなしですか」

「達弥さんも一緒に来るそうだ」

「丸山くんの出番はないってこと?」

「……どうかな。まあ、そうかもなあ」

と、土井は苦笑する。

「新幹線を使って三時間、多治見からここまでだって相当時間がかかるから、勇くんが着いた頃には終わってるかもね」

「終わってますよ」

「ま。本人が来たいんだから」

「絶対キャンプのつもりでいるのよ。それか虫、丸山くんは虫オタクだから」

清花はそう言ったけれども、勇が合流するのは楽しみでもある。

丸山勇は独自の視点を持った刑事だ。彼なら案山子《かかし》をどう見るか、この村のことをどう感じるか、感想を聞きたいと思っていた。おそらく土井もそうだろう。

太陽が傾いて、山の影が斜めに射し込んでくる。田畑から立ち上る霧にも影は映って、橙色《だいだいいろ》の光が村全体を包み込む。不便で寂しい場所だとしても、風景は格別だ。

その日の夜のことだった。

日が沈むと想像通りに辺りは暗く、灰色になった夜空の下に、山影は黒い紙のように広がった。当然ながら家々の明かりは皆無で、山裾《やますそ》に塚田家のものと思《おぼ》しき赤い灯だけが見える。薄い雲を透かして朧《おぼろ》に照るのは上弦の月で、暗さに目が慣れさえすれば、農道や草むらがかろうじてわかる。

ホームベースに車を停めればキャンカー旅の夜は長い。今夜は土井が当番で、いつも通りのインスタント麺《めん》で簡単な夕食を済ませてしまうと、特にやることもなくなった。廃村で肝試しをする不埒《ふらち》者の影もない。尤《もっと》も一度満足してしまえば、イタズラのために何度も山へ入ったりはしないのだろう。

シェードを下げたキャンカー内で食後の百草茶《ひゃくそうちゃ》を飲みながら、清花は不埒者がネットに上げたかもしれない画像を探した。

そうした調べは福子のほうが得意だが、ほかにやることもない。『廃村』や『カカシ』というキーワードで検索すると、全国各地に同様の村が複数あるとわかった。ほとんどが限界集落で、住人よりも案山子のほうが多いという。そうした案山子にイタズラをされたニュースも複数あって、製作者の気持ちを思った。

斜め向かいの席では土井がソメ村で失踪《しっそう》した人の資料を読み込んでいる。

あたりは静かで、ときおり思い出したようにカエルが鳴き出し、一斉に止む。グミのケースをテーブルに載せ、土井が取りやすいよう蓋《ふた》を開けたが、勇がいないと消費量は格段に減る。今回は予備を袋で持って来たのに、まだ補充せずに済んでいる。

しばらくすると土井が車を降りていき、戻ってくると、こう言った。

「狸か狐か、外に獣がいるみたいだよ」

たぶんトイレに行って来たのだ。

「え……ケモノ？　ケモノってなんですか」

窓のシェードを半分上げて、網戸にすると音が聞こえた。

ガサガサと藁《わら》を引きずるような音である。

「まさかクマじゃないでしょうね。イノシシとか」

こんな場所にいるのに今までそれを心配しなかったほうが不思議だ。人のいない山里は、もはや里ではなく山かもしれない。

「いや、小さかったよ。アナグマかもね」

そういえばこの村には猫さえいない。土井はすまして席に着き、

「トイレットペーパーは置きっぱなしでいいからね」

と、清花に言った。

昼間はともかく、夜もあそこを借りると思ったら、唐突に学校の怪談が頭に浮かん

だ。学校のトイレは確かに怖いが、トイレ自体が怖いわけじゃない。でもここの便所は違う。ギーギー鳴る戸も、それの隙間も、真っ黒に口を開けた便器も、すべてが怖い。真夜中に行くのはイヤだと、清花も席を立って外に出た。

思ったよりも風が冷たく、敷地の向こうに広がる田んぼで葦がサワサワ鳴っていた。ジー……ジー……と音がするのは虫だろう。獣たちの足音なのか、山のほうからも音がしている。藁と土、もういない家畜の臭いなどが、どこからともなく漂ってくる。

スマホのライトで庭を照らすと、三和土《たたき》のような前庭の土から生えた梅の木と、奥にある納屋が浮かび上がった。狸も狐もアナグマもいない。それでも濃厚に何かの気配を感じたので、同じ光で便所を照らした。

木で造られた箱から誰かが出てくる錯覚を覚える。ボスったら、ドアを開けっぱなしにしておいてくれればいいのに……いや、でも、それが勝手に閉まったりしたら余計に怖い。トイレの怪談って、こういう場所で生まれたわけね。

落とさぬようにスマホをしまい、暗闇で怖々トイレに入り、極力何も考えないようにして用を足す。素早く外に出て水道で手を洗っているとき、清花は目の端に何かを認めて顔を上げ、農道のほうを振り向いた。

一陣の風が過ぎ去って、道で何かがヒラリと揺れた。

蛇口も閉めずに身体を起こすと、それは着物のようだった。

え……なんで……？

一瞬わけがわからなくなる。暗くてはっきり見えないが、それはハンガーに干された洗濯物よろしく道端で裾を翻している。見間違いじゃない。まだそこにある。

勇気を出して、確かめようと首を伸ばした。見間違いなら消えてくれ。そうでないなら、なんであるかをハッキリ知りたい。よく見えないので何度も瞬《まばた》きしていると、突然、赤い模様が目に飛び込んできた。金魚の模様だ。そう思ったらゾーッとした。赤い金魚が描かれた黒地の浴衣《ゆかた》……毛穴が閉じて鳥肌が立つ。田と田を分ける道の端っこで、浴衣はヒラヒラ揺れている。淑子がくれた写真にあった、失踪した珠々子が着ていた浴衣……動けず見つめて一秒程度、それはヒュッと地面に落ちて消え去った。あたかも浴衣だけが闇に浮かんでいたかのように。

凶悪犯を前に怖いと感じたことはない。怖いと思えば立ち向かえないので、恐怖を殺す術《すべ》を知っているから。けれど、今、清花は確かな恐怖を感じた。農道を見つめたまま後ろ手に蛇口を閉めると、後ずさりして、そこから走って車に戻り、ドアを開けるなり乗り込んだ。

内部の明るさにホッとして立ちすくんでいると、土井が驚いた顔で、

「どうした」

と訊いた。靴も脱がずに訴える。

「外で変なモノを見ました」

その顔が必死だったのだろう。彼は振り返ってシェードを開けて、こっそり外の様子を覗《のぞ》いた。清花はさらに訴える。

「珠々子ちゃん……たぶん珠々子ちゃんの浴衣を見ました。田んぼの道で」

「ええ？」

　と、土井は眉《まゆ》をひそめて、

「どーゆーこと？」

　と、また訊《き》いた。

「黒地に金魚模様の浴衣が風にヒラヒラ舞っていて、あっという間に消えました」

「や〜だ〜……」、そして「ホントに？」と、真顔でつぶやく。

「外で手を洗っていたら、見たんです」

「まさか幽霊と思ってる？」

　他になんだと言うのだろうか。それでも清花は強がって、首を左右に振ってみた。

「初めて見たのでわからない……けど……人でないのは確かです」

　土井が立ち上がって靴を履き、清花の脇を通って出て行こうとしたので、

「行くんですか？　怖くないんですか？」

　と、訊くと、

「いや、怖い」

そう言いながらもドアを開け、ステップを下りて庭に出た。

ジー……ジー……ジー……と、静かに虫が鳴いている。浴衣があった場所まで一緒に行ってみたものの、当然のように何もない。土井はその場所に立ち、周囲をライトで照らしていった。道の際、枯れた葦《あし》、ススキ、葦、またススキ……そこに突然、麦わら帽子にモンペ姿の案山子《かかし》が浮かんだ。

「ひゃっ」

と、清花が悲鳴を上げる。

「や〜め〜て〜……案山子じゃないか」

土井は言ったが、悲鳴の理由はそこじゃない。

「その案山子、昼はそんな近くにいませんでした。絶対に！」

土井は顔を引きつらせ、冗談でもなく、

「こ〜、わ〜、い〜」

と、言った。


翌朝は庭にキャンプ用チェアを出してコーヒーを飲んだ。

よく晴れた日で、村に怪談の気配など微塵《みじん》もなくて、鶯《うぐいす》の声が清々《すがすが》しかった。梅の木に結ばれたブランコのロープにカマキリがいる。

納屋と母屋と梅の木を眺めながら、清花は桃香に行ってらっしゃいの電話をした。

バケツの田植えはなかなか大変で、田んぼの土をもらうところから始めたらしい。泥田では長靴も脱げてしまうので、みんなが裸足《はだし》で田んぼに入り、『ヌルヌルして気持ちよかった』と、教えてくれた。バケツは校舎を繋《つな》ぐテラスに置かれ、そこに案山子を立てるのだと言う。

──桃香の班の案山子が一番カッコいいと思うよ。今日はナナちゃんがおばあちゃんのジュエリーを持って来るから、ネックレスとイヤリングを着けてあげるの。あと、名前も決める。だから、バイバイ──

電話は早々に切られてしまった。

「通話時間が短くなったね」

マグカップを傾けながら土井が言う。

「成長したってことなんでしょうけど、ちょっと寂しい。今は田んぼ係に夢中みたいで、学校が楽しくて仕方ないのね」

「親っていうのは贅沢《ぜいたく》だよね。早く大きくなれと願ったくせに、あの頃はよかったなんて思うんだから」

「そうですね」

話しているうちに土井のスマホに入電があった。勇かと思ったら山本たちから、間もなく着くという知らせであった。土井は椅子を立って朝食の後片付けを始めた。

「もうお地蔵さんを過ぎたって。軽トラックを農道に停めてユンボを田んぼに下ろすらしいよ。こっちも準備しておこう」

「わかりました」

長靴を履いたり軍手をしたりしている間に、軽トラックの音が近づいてきた。農道へ繋がる道まで出迎えに行くと、荷台にかわいらしい重機が載せられていた。

「おはようございます！」

車は佐久間家まで来ずに途中で止まり、運転席から山本が、助手席から達弥が降りてくる。清花と土井もスコップを持って、通り一遍の挨拶《あいさつ》を交わした。

「いやあ、助かりました。スコップじゃきついなと思っていたので」

「あーっ、ムリムリ。手掘りじゃ到底無理ですよ。葦やススキは性が強いんで、本当なら除草剤で枯らしてからユンボで土を混ぜるんですが」

山本は完全なる農作業スタイルで、達弥もそれに準じた姿だ。村を見渡して、

「いやあ……こんなになっちゃったかーっ」

と、苦笑している。すると山本が従兄弟《いとこ》に訊いた。

「前に来たときも思ったけどさ、たっちゃん家《ち》の裏庭にあった銀杏《いちょう》はどうした？　でっけえ銀杏があったよな？」

「雷が落ちて吹っ飛んだ。家を出て行く前だったから、銀杏が怒ったなんて爺《じい》さまたちは言ってたけどな。俺的には母屋を守って倒れたんだと思ってる」

「ご実家の庭を拝借してます」

「いや、もう、とっくにうちの地所でもねえし、役場の土地でもなくなって、今は企業が買ったんでしょう」

「それと、昨日は吾平さんに会いました」

「ほうですか」

　と、達弥が言って、

「まだお元気ってか……スゲえなあ」

　と、山本は塚田家のほうを見た。

「村の案山子は全部、吾平さんの作だそうですよ。お母さんが寂しがるから置いているんだと言っていました」

「それね。来るときもたくさん見たけどさ、なんとなく村の人たちに似てるんですよ。あれはあの家の婆さんだとか、こっちはどの家のおばさんだとかわかる気がして、なんというか、ちょっと……クル感じがありました」

達弥が言うと、山本が、

「たっちゃんはここに住んでたからね」

と、肩を叩《たた》いた。

「俺は夏休みしか来なかったから、知ってるのは一緒に遊んだ友だちぐらいで、感慨みたいのはないですね。姉のことがあってからは、なんとなく、怖い場所みたいになっちゃったしさ」

「ま、そうだよな」

そして清花を見て訊いた。

「じゃ……塚田の婆さんも存命なんすね」

「そう思います」

山本らは二人だけに通じる何かでニヤニヤ笑い、

「いや……ガキの頃に」

「鎌持って追っかけられたの思い出して」

「ありゃ、たっちゃんがいけねえべ？」

「秀ちゃんだって面白がってたろうが。逃げ足は自信あるって言ったの誰だ」

突《つつ》き合う二人を見ながら、子供時代を共有するって素敵だな、と、清花は思った。

トラックのアオリを下げて、板を渡してユンボを下ろす準備をしているときに、勇からも連絡が入った。到着は午後二時過ぎの予定だと言う。

勇には淑子が描いてくれた地図の画像を送ってあるから、村に入れば佐久間家の場所はわかるだろう。山本たちを労《ねぎら》うためにペットボトルのお茶を何本か買ってきて欲しいと土井は言い、掘削機が来たことは告げずに通話を終えた。

「この重機は山本さんの持ち物ですか?」

土井が勇と電話している間に、清花は達弥に訊《き》いてみた。

「そうです。今どきは機械がないと農業も辛《つら》いから。何千万もする農業機械なんてのもあって、男はやっぱ、でかいトラクターに憧《あこが》れたりね。俺は農業やってないけど、秀ちゃんを手伝いに行くことはあります」

不安定に車体を揺らしながら、山本は器用にユンボを操縦して地面に下ろす。農道から田んぼへと板を置き替え、再びユンボで下りていく。メリメリと葦の茎を踏みながら田んぼに入って、山本は言った。

「倒さねえとやりにくいな」

「クサカルゴンでもありゃよかったが、気を付けてゆっくり行くしかねえか」

そこで土井が訊く。

「ぼくと鳴瀬さんで藪《やぶ》を踏み倒しながら行ったほうがいいですかねえ?」

それでは何の役にも立たないと、山本は表情で語った。

「いや、ゆっくり行くので大丈夫です。重機は不安定なんですよ。地面が緩いと亀になって進めなくなるし、凸凹があるとバランスを崩してそれも危ない。そのへんは、たっちゃんがよく心得ているから誘導してもらいます。むしろお二人は危険なんで離れていてください」

「じゃ、お手伝いしなくて大丈夫でしょうか」

「それより石の場所まで誘導してもらえると助かります」

と、達弥が言うので、昨日と同じに手ぬぐいを被《かぶ》り、土井と二人でスコップを抱えて田の神さんを探し始めた。昨日は佐久間家のほうから入ったので、踏み倒した葦《あし》は目印にならない。

ようやく石の前へ出てから、土井が頭上でスコップを振った。長閑《のどか》な鶯《うぐいす》の声をかき消すように、ユンボのエンジン音が再び響く。工場建設が始まったなら、騒音はこの比ではないだろう。そのとき吾平は母親をどう説得するのかと清花は思う。

想像したより慎重に、ゆっくりと、田んぼの中まで運転してくると、山本はユンボを降りて石を見た。そして感慨深そうな声で、

「……あったなあ」

と、つぶやいた。その目を空に向けたとしても、母親の淑子が夢に見た珠々子の姿

はどこにもない。山本は微《かす》かに唇を噛《か》み、

「いや……ありがとうございます。石を見つけても俺たちだけじゃ、下を掘るまでは行かなかったと思うんで……何も出てこないのはわかっているけど、土の中を見れば母も気が済むだろうと思います」

山本と達弥はスマホで石を撮ってから、前に並んで石を拝んだ。

清花と土井も合掌する。

祈り終わると達弥が石を抱えて別の場所に避《よ》け、山本はユンボに乗り込んだ。距離を測ってアームを伸ばす。ギザギザの付いたシャベルが地面に刺さると、メリメリメリと音を立て、石の下にあった土が持ち上げられていく。達弥はユンボの脇に立ち、目標地点がズレないように指示を出す。

清花と土井は邪魔にならないように、近くから掘り返されていく田を見守った。

「やっぱり機械は速いよね。手で掘ってたら何日かかっていたことか」

「あのトイレを夜に何日も使うのは無理です」

「だよね～」

と、土井が言ったとき、

「ちょっと待て！」

達弥の叫ぶ声がした。ガックンと揺れて機械が止まり、達弥が穴に近づいていく。

清花と土井は首を伸ばした。

「どうしましたか？」

彼は地面にしゃがみ込んでいた。

地下数十センチというところだろうか。絡み合った葦の根がボコンと抜けたあたりの下に、土器《かわらけ》のようなものがある。お椀《わん》の側面のようにも見える。土井がズイッと前に出て、ひざまずいて軍手でなぞると、次には持っていたスコップで周囲の土を掘り返し始めた。山本もユンボを降りてくる。清花も周辺の土を避けていく。刑事なら、それが何かは想像がつくのだ。

山本も達弥も無言で地面を見つめている。

ザク……ザク……想像できる部分を残して周囲の土をスコップで掘り、そして軍手であらわにしていく。次第に丸いものが見えてくる。土井はスコップを土に立て、ざっと周囲を見渡した。

「なんですか？」

と、山本が訊く。

「もっとこう……小さいシャベルみたいなのがあったらなあと」

「あります、あります」

答えたのは達弥で、軽トラックのほうへ走って行くと、小さくて筒状のものを持ち帰り、中からフォークとスプーンを出した。

「あっ、俺の」

と、山本が言う。

「この際だから仕方ねえべ」

スプーンを土井に渡して自分はフォークを持ち、清花にナイフを手渡した。

「いいんですか？」

使っていいかと山本を見ると、彼は苦笑して、

「弁当用に嫁が持たしてくれてるヤツで、ま、この際だから」

と、許可してくれた。

清花は遠慮なくナイフを持ち替え、慎重に掘り出した。丸みの形状は均一ではなく、緩やかな凹凸があり、くぼみに土が入り込んでいる。塊の下方に凹《くぼ》んだ部分がくっついているので、間違いないと思われた。

「頭蓋骨《とうがいこつ》ですね」

土井も無言で頷《うなず》いた。

「え」

山本が地面にペタリと座り込む。

「まさか……姉の……？」

「それはまだわからない。山本さん、この状態で写真を一枚撮ってください」

土井が自分のポケットからスマホを出すよう言うと、山本はそれで写真を撮った。

「お願いしたタイミングで撮影してください。達弥さんは骨を崩さないよう慎重に」

「わかりました」

エンジン音が絶えた田んぼの中で、清花らは懸命に土を掘る。

頭蓋骨の全容が現れると、土井は頭部から首に繋《つな》がる部分が埋まっていると思《おぼ》しき場所をユンボで掘るよう指示したが、予測した骨は出てこなかった。念のため周囲を丸く起こしてみたが、やはり何も出てこない。

「おかしいな」

足元にあるのは頭蓋骨だけだ。今は下顎骨《かがくこつ》が埋まっているのみになっている。

「もしかして……」

土井はスコップを手に持つと、頭蓋骨の周囲にザクリと挿して、持ち上げた。土と一緒に頭蓋骨が地面から外れて、下から細かい骨が出てきた。

「あああ……」

と、山本が情けない声を出す。

「珠々ちゃんなんか？　叔母《おば》ちゃんが見たのは正夢だってか」

土井はおもむろに跪《ひざまず》き、頭頂骨の表面を軍手で拭《ぬぐ》うと、両手で髑髏《どくろ》を持ち上げて、

ベロンと舌で天辺《てっぺん》を舐《な》めた。清花もさすがに驚いて、あっと上司を見ていたが、数秒後、土井は舌を髑髏から遠ざけて、

「珠々子さんではありません」

と、静かに言った。ぺっぺ、と地面に唾《つば》を吐き、袖《そで》と軍手の隙間で舌を拭《ふ》く。

「あんさん、いきなりなにやってんすか。え、珠々ちゃんでないと、どうして」

達弥が訊《き》いた。清花もそれを知りたいと思う。

歯を見て知ったというのなら、骨を舐める必要はない。それに珠々子の歯並びは、写真からでは判断できない。土井は情けない顔で笑った。

「千葉大の宗像《むなかた》先生に教えてもらったんだよ」

その人物は骨の研究者で、やはり捜査で知り合った。

「動物の骨は劣化すると細かい穴が無数に開いていくそうだ。そういう骨は舐めると舌に吸い付いてくるから、おおよその年代を読めるって。先生の説が正しいとするなら、この骨はずいぶん古い」

「じゃ……姉の骨では……」

「ないです。歯もほとんど残っていないし、また別に」

土井は細かい骨のひとつを拾った。

「これは頸椎《けいつい》か脊椎《せきつい》だと思うんですが、骨の状態でここに埋められたのだと思います。

縦に掘った穴にザックリと足のほうから入れていき、最後に頭を載せたんでしょう。だから周囲を掘っても何もない。死体を埋めたわけではない」

「誰の骨？」

と、達弥が訊いた。土井は首を傾げただけだ。

「調べてみないとそれはなんとも」

「姉の骨も一緒にあるってことですか」

「それはないと思われます」

土井は慎重にスコップを挿して、引き抜いた。出てきた土には骨の欠片《かけら》が交じっている。肋骨《ろっこつ》の一部ではないかと思う。

「もともとあった骨の下に、新たに遺体を埋めるというのは考えられない。それに、達弥さんから聞きましたけど、珠々子さんが失踪《しっそう》したとき田んぼはまだ現役で、稲が植わっていたそうですね。誰かがそこを掘ったりすれば稲が倒れたはずですし、少なくとも佐久間家がまだここにあったころには遺体を埋めることなどできなかったと思うのですよ」

「んじゃ、この骨は？」

「昔からここにあったとしか……」

そう言う土井の視線の先へ、全員が目をやった。そこにあるのは海から拾ってきたという石だ。達弥が言った。

「あれは田の神さんじゃなく、墓石だってか？　え？　どうよ」

答えを知る者は一人もいない。

その後はブルーシートを運び込み、写真に記録しながら下へ下へと掘り進んでいった。時間を忘れて作業をし、ようやく骨が出てこなくなったのは、一メートル以上も掘り下げてからだった。結果として二体分の頭蓋骨と腸骨などが掘り出されてきた。

土井は千葉大の宗像教授に電話をかけた。

「そ〜んな……お忙しいのは重々承知していますけど、あれですよ？　ぼくらもすごーく忙しいなか、教授の依頼で人狼《じんろう》の歯形を調べましたよね？　え？　そんなー、脅してなんかいませんって。恩を売ってる？　いや、まあそれは……はい。そうですね」

土井が宗像教授にごり押しするのを聞きながら、地面に直接胡座《あぐら》をかいて、達弥が清花にこう言いかけた。

「警察ってのはまあ――」

「人形玩具《がんぐ》の研究者です」

清花がピシリと遮ると、達弥は首をすくめて口を閉ざした。

「すみません」

謝ったのは山本で、

「――色んなところに色んな専門の協力者がいるんですねえ」

達弥は声をひそめて続きを言った。

「そうとも限らないけど、土井さんの場合は、ああいうファインプレーが得意というか……特技なんです」

「骨はどうなるわけですか」

「大学の研究室へ持ち込んで調べます。事件性はないと思いますけど念のため」

「うちの田んぼにあったたってことは……」

達弥はさらに声をひそめた。

「ここがもともと墓だったってことですよね？　爺《じい》ちゃんたちは墓で米を作ってた」

「それも何とも言えません。でも、墓地なら他にも骨が出るはずです」

今度は山本が達弥に聞いた。

「他の家の田んぼにも石はあるよな？」

「あるある」

「あれがぜんぶ墓ってか、そんなことあるか？」

山本たちは真面目に首を傾げている。タイミングを待って清花は言った。

「とにかく、佐久間家の田んぼに珠々子さんがいなかったことは事実で――」

昨夜珠々子の幽霊らしきモノを見たことには触れない。

「――出てきた骨の鑑定結果は宗像教授から話を聞いてお知らせしますが、問題は淑子さんで、これで納得できますでしょうか……それも酷な話とは思うんですけど、これ以上はもう……」

達弥は山本の顔色を窺った。山本は穴を眺めて、つぶやくように、

「姉の骨ならいいと思ったわけでもないんですけど、違うとなればそれはそれで、複雑なもんですね。母については、ただ、わかれば気が済むだろうと思っていたところもあるんですけど、実際にやって、こうなると……」

「お気持ちはわかります。私も娘がいますので」

山本は顔を逸《そ》らして涙を拭った。

「まあ……姉がいなかったことは事実なんで、母にはそのまま話します」

「こっちはオッケー。千葉大で調べてくれるってさ」

土井が通話を終えると、山本と達弥は立ち上がり、並んで深く頭を下げた。

「どうもありがとうございました」

「いえいえ」

土井は清花に向かって、

「結局どういう話になったの？」

と、訊いた。

母には調査を終了する旨を納得してもらうと山本が言い、掘り返した穴は埋め戻すことにした。

その間に清花と土井でブルーシートに包んだ骨を運び出す。破損しないよう両端を持って件《くだん》の田んぼを出て行くと、農道に上がる手前で突然土井が立ち止まった。転ばぬようにと足元ばかり見ていた清花も顔を上げ、土井の視線を追ったとき、農道奥の田んぼの中に無数の人影を見てハッとした。

葦《あし》の藪《やぶ》に見え隠れするのは案山子《かかし》の群れだ。あるものは野良着で、あるものは着物で、あるものは女学生の姿で、じっとこちらを見つめているのだ。

「……なんで……」

と、清花はつぶやいた。

案山子はその場所にいなかった。

数もこんなにいなかった。立ってこちらを向いていなかった。

どこかでまた鶯《うぐいす》が鳴き、雲の隙間に水色の空が覗《のぞ》いて見えた。

土井は無言で歩き出し、案山子など見なかったかのように佐久間家へ向かった。清花も倣って平静を装う。それでいて、誰かがどこかに潜んでいるのではないかと神経を尖《とが》らせた。葦田に挟まれた農道を行き、間もなく佐久間家の敷地へ入ろうかというときだった。ヒュッと何かが飛んで来て、清花と土井の足元に落ちた。見れば親指くらいの小石で、すぐにまたカツンと地面に当たった。

――出て行け――

と、しわがれた声がした。土井がギョロリと右手の方を睨《にら》む。

田の中に蓬髪《ほうはつ》を振り乱した老婆の姿があった。白い着物をだらしなく着て、腰を一本の紐《ひも》で括《くく》って、隙間に素肌が覗いていた。

「誰だ」

土井が鋭く叫んだとき、彼女は葦の隙間に屈《かが》み込み、ガサガサと藪を揺らしてどこかへ消えた。清花らは顔を見合わせた。

プップー！

底抜けに明るいクラクションの音が、そのとき道の向こうで聞こえた。軽トラックが停まった農道へ、青いレンタカーが入ってくる。ブルーシートを持ったまま、清花と土井はそれを見守る。運転席で手を振っているのは勇だ。

それだけで、清花はなぜか救われた気がした。

第六章　山から来る神の群れ

土井が頼んだペットボトルのお茶を持って、勇が佐久間家に到着したのは午後三時近くのことだった。

再びユンボを軽トラックの荷台に載せ終え、清花らは達弥が雨戸を開けてくれた佐久間家の縁側に並んで座って一休みした。誰も昼食を摂《と》っていなかったので、佐久間家に置き去りになっていた鍋《なべ》を借りて土井が得意の袋麺《ふくろめん》を作り、食器も佐久間家のものを借りてみんなに配った。山本と達弥は弁当持参で来ていたが、それも分け合って食事をした。万事が終わってしまったことを知った勇は、やや肩身が狭そうだ。

「体力には自信あったんすけどね」

「そんなら今度は、うちへ農業の手伝いに来てくださいよ」

「秀ちゃんはトウモロコシを作ってんすよ。メッチャ甘くて瑞々《みずみず》しいヤツ」

「ですってね。俺、トウモロコシが大好きで」

「丸山くん、あのね、根羽村には変わったカエルがいるんですってよ」

「根羽村で見つかった新種なんです。ネバタゴガエルといって、鳴き声が犬そっくりで、ワンワンって……なあ？」

「それってマジな話すか」

「マジマジ――」

と、達弥が言った。

「――天然記念物になってるんだよ。鳴くのは五月頃だけど、鳴いても犬かカエルかわからないから、別に珍しくも思わなかったという」

「新種認定されたのも、わりと最近なんですよ」

「マジかあ……」

勇はすぐにでも飛んで行きたそうな顔をしている。

ひとしきり話し終わってから、山本が土井に向かって声をひそめた。

「案山子が群れになってんの、見ましたか？」

「ゾッとしちゃった～」

土井も小声で言って首をすくめた。

「お婆さんがやったみたいです。私たち、石を投げられてしまいましたから」

清花も言うと、

「やっぱ塚田の婆さん健在なんか」

達弥は敷地の外へ目を向けた。

「これから土井さんたちはどうされますか？　もう帰られますか」

と、山本が訊《き》く。土井は涼しい顔をして、

「そうですねえ……」

と、曖昧《あいまい》に笑った。

「勇くんが合流したから、骨は勇くんに持ち帰ってもらって、ぼくとしては塚田吾平さんの家に行ってみようと思ってるんですけど。明日にでも」

「えっ」

とたんに達弥が顔をしかめた。

「実は珠々子さん以外にも、ソメ村で行方不明になった人の家族から連絡をもらっているんです。珠々子さんよりさらに前の話ですし、ご高齢の吾平さんなら当時のことを覚えているんじゃないかと思って」

「婆さんに鎌で追いかけられますよ。いや、冗談じゃなく、本当に」

「吾平さんはフレンドリーな感じでしたけどねえ」

「吾平さんはいいんですよ。ああいう人だし、俺らも世話になったんですから。でも婆さんは……」

「それなんですが」

土井は縁側を下りると、達弥たちに身体を向けた。

「具体的にはどんな世話になったんでしょうか？」

山本が達弥の顔を見る。ここに住んでいたのは達弥だからだ。

「具体的にって……言われても……うーん」

山本は宙に目をやると、

「家の建て付けが悪くなったときチョチョイと直してくれたりだとか。あと、風呂釜《ふろがま》の調子が悪くなったときも直してくれたと、隣の家の奥さんが……そんな感じで、どの家にも親しく出入りしていたんですよね」

「なるほど……吾平さんの父親もそんな感じの人でしたか？」

「俺は会ってないですけども、村祭りの仕切をやってた話は聞いたことあります」

「暮らしは農業で立てていた？」

「いや……どうなんだろう……地代家賃もあったのか、塚田の家の田んぼや畑は、村の人たちが手伝いに行ったりしてましたけどね」

そして山手のほうを見た。

「土地はあってもこんなところじゃ……昔はよくても内情は苦しかったのと違いますかね。食べるのはいいけど現金は……他人《ひと》の家のことはわかりませんけど」

達弥は母屋を勝手に使ってもらっていいと言う。雨戸に鍵《かぎ》はないそうで、帰るときに閉めてくれればいいからと。山本は今日の顚末《てんまつ》を母親に話し、改めてお礼の電話をさせると言った。

二人が去ると、清花らは片付けをして雨戸を閉めた。達弥の厚意はありがたいが、後で何かあっても困る。戸締まりの様子を写真に残し、その後は地面にブルーシートを広げて掘り出した骨を撮影し、仕分けて段ボール箱に入れると、取りあえずキャンピングカーの収納庫に載せた。

「あーあ、結局今回はいいとこ見せずに終わりましたね。穴も掘らなかったし」

勇は体力を持て余している。

「でも、これって誰の骨なんですかね」

「そこが謎だよ。謎を解明しに来て、新たな謎を背負った感じ？」

と、土井が言う。

「丸山くんはここへ来るとき子供を見た？　道路の上の森で」

村は再び静かになった。小鳥やカラスは鳴いているけれど、人が出す音は皆無だ。それなのに案山子《かかし》の影だけがあり、田んぼに置かれた集団が今はこちらを向いているんじゃないかと不安に思う。案山子が勝手に動いたとしても、婆さんがそれをやったとしても、不気味なことに変わりはない。

「見ました見ました。ハッとしてゾッとしちゃいましたよ。一瞬、崖《がけ》から子供が落ちそうに思えて、車を止めましたもん。そしたら他にも子供がいたんで、え？　って思ってよく見たら人形だったとか、あまり気持ちのいいものじゃないっすよ」

「その案山子が動くんだから。ゾッとするよね」

土井は田んぼのほうへ目をやった。

「まあ、あそこでずっとなんやかややってたので、その間にお婆さんが動かしたとしても不可能ではないんでしょうけど、その執念にゾッとするわ……ホントに」

「そこだよね。頭はしっかりしているってことなんだろう。息子が母親のために作ったとしても、母親のほうはそれが案山子とわかっているんだ」

「あ、確かにそういうことっすね。なんかフクザツ……そのお婆さんが曲者《くせもの》ですか？騒音おばさんみたいなタイプ？　だからみんなも村を出て行っちゃったとか」

「一因ではあると聞いてるけどね」

「そうなんだー……でも——」

と、勇は土井を見て訊いた。

「——土井さんはもっとなにか、え？　何を考えているんです」

土井は首をすくめてニタリと笑い、腕を振り上げて背伸びした。

「今日は肉体労働で疲れたなあ……夕飯当番、勇くんでいいかな？」

「俺すか？　俺、お茶しか買って来ませんでしたよ」

「今回は買い物できないことを見越して冷蔵庫に食材を持って来てるから、なんでも使ってもらっていいわ。エプロンも私のを貸してあげるから」

「ええーっ」

と、勇が言っている間に、土井は外水道で手を洗い、ふらりと敷地を出て行った。

勇もブツクサ言いつつレンタカーからキャンカーへ自分の荷物を載せ換え始めたので、清花は自宅に電話した。調査が終わったので、上手《うま》く行けば明日には帰れそうだと思ったからだが、誰も電話に出なかった。

「買い物かしら」

義母《はは》のスマホにかけてもみたが、応答がない。きっと手が離せないのだろうと思って電話を切ると、勇がキャンカーからヒョコッと顔を出し、

「野菜と肉がたっぷりですね」

と、嬉《うれ》しそうに言った。

「スパイスとかも持って来たから使ってちょうだい」

「マーガリンとかもありましたもんね。スゲえ」

清花はニッコリ微笑んだ。勇は何を作る気だろうと車に乗ると、リアドア上部に設置された集中スイッチパネルで赤いランプが点滅していた。本庁の福子から連絡が入

ったのだ。

「万羽さんからコールが来たわ。土井さんがいないから私が通信室へ入るわね」

「了解」

エプロン姿で冷蔵庫を覗《のぞ》き込みながら勇が言った。昼食を食べたばかりなのに、こんな時間から準備をするのか。

清花は隠し部屋に入り込み、入口を閉めて椅子に座った。機械だらけの通信室から福子を呼ぶと、一分もしないでモニターのひとつに彼女が映った。

「お疲れ様です」

清花が言うと、いつもながらの福々しい笑顔で、

――おつかれさま――

と、福子は応《こた》えた。

――土井さんは？――

「心の旅に出て行きました。その辺を散歩してると思います」

――今日は大活躍だったんですって？　やっぱり遺骨はあったのね――

「頭蓋骨《とうがいこつ》と腸骨などが二人分。どちらも山本珠々子さんの骨ではないようです。土井さんの見立てでは、かなり古い骨だとか」

すると福子は頷《うなず》いた。

――うん。それなんだけど……骨の正体がわかったかも――

「えっ」

今日掘り出したばかりで鑑定もしていない骨の正体が、どうしてわかると言うのだろうか。思ったことが顔に出たのか、福子は眉《まゆ》も目も弓形にして微笑んだ。

――丸い石の写真をね、昨日送ってくれたじゃない？　それを青森の佐藤教授と、牡鹿沼山村の阿久津さんに送ったの。そうしたら、佐藤教授より先に阿久津さんから電話があって、お母さんが石のことを知っているって――

「そうなんですか？」

福子は頷き、資料を見るため視線を逸《そ》らした。

――ええっと……『田の神さん』もしくは単に『田の神』――

「そうです。こっちの人もそう言ってました」

――田んぼに置かれた石は、ご先祖の遺骨を埋めた目印らしいわ――

「……え……ご先祖？」

大きく頷いて福子は言う。

――二人分の骨というのも興味深いの。なぜなら北陸の田の神は、視力の弱い夫婦《めおと》神《がみ》だと言われているから。現代人にはちょっと想像がつかないけれど、昭和の初め頃までは埋葬もそこそこ杜撰《ずさん》というか、墓地には埋めずに放置するケースも多かったそうよ。埋葬地と言えば聞こえはいいけど、要するに死人を置く山ね。それで阿久津さんのお母さんの話では、田んぼに人骨があっても驚かないと――

「どうしてお米を作る田んぼに骨を？」

――そこなのよ――

福子は人差し指を立て、

――田畑は財産でしょう？　だから他人に取られないよう、一番実りの大きな田んぼにご先祖の遺骨を埋めたんですって。さっき、北陸の田の神は視力の弱い夫婦神だと言ったでしょ？　昔のご長寿さんは大体目が悪かったと思わない？――

清花は少し考えて、答えた。

「『視力が弱い』は『ご長寿』の暗喩《あんゆ》だってことですか？　今より寿命の短い時代に、長生きの人は尊敬されたから？」

――そう。どうせ祀《まつ》るなら長生きで、経験も知識もあった一族の長って、ありそうじゃない？　墓石などは立てないで、目印に小さな石を置く。見る人が見ればそういう場所だとわかるから、畏《おそ》れて気味悪がって手をつけない――

「……食べ物を作る場所に死体を」

――土葬とは違うのよ。まあ、土葬もあったかもしれないけれど、阿久津さんのお母さんも、そこまではわからないって。ただ、昔は土葬だったでしょ？　清花ちゃん、骨洗いって聞いたことない？――

「いいえ」

――海の近くではけっこう最近までやっていたと聞くけれど……――

「なんですか？」

清花が訊《き》くと、福子は目を弓形にして微笑んだ。

――ひい祖母《ばあ》ちゃんの時代にはまだそういう風習が残っていたと、お祖母ちゃんから聞いたことがあるの。土葬で一番困るのは、棺桶《かんおけ》の状態で埋葬すると次第に埋める場所がなくなっていくことよ。自宅に広い敷地を持つ家墓《いえばか》ならばまだいいけれど――

「まあ、そうか……そうですね」

――だから土葬して一年ほど経つと、ご遺体を掘り起こしてきれいに洗うの。それを『骨洗い』と言って、お嫁さんの仕事だったのよ――

「……ええ……」

清花は思わず顔をしかめた。刑事の仕事で多いのが変死体の確認だったりするわけで、死んだ直後のご遺体も、白骨化したご遺体も知っている。けれどもそれをきれいに洗うと考えたことはなかった。

――海がある地方は海で洗うの。ひい祖母ちゃんがお嫁に来た頃はそうだったって。親戚《しんせき》一同集まって、これが腕とか頭とか、そういう感じで洗うので、故人を近くに感じるそうよ――

「洗ったお骨はどうするんですか？」

――またお墓に埋め戻すのよ。骨だけだからスペースをとらないでしょ？　足の骨から順番に入れて、頭蓋骨を最後に載せる――

あっ、と清花は閃《ひらめ》いた。田んぼの骨だ。

一対となる男女の骨が足先から順に埋まっていたと考えるなら……一族の長たる夫婦のどちらかが先に逝き、骨洗いをしてあの場所に埋め、連れ合いが死んだらまた同じようにしてあの場所に埋め、目印に石を置いたのだ。だから骨は縦方向に深い土中に時間差を以《もつ》て埋められていた。

――それが『田の神さん』の正体よ――

と、福子は言った。清花は謎が晴れていくような気がした。

――田の神は山から来ると言われるでしょう？　阿久津さんの話では、それも暗喩じゃないのかなって。墓地というのは大体集落の外れの山である場合が多いから。死者は墓地に葬られ、骨となって田んぼに移される。だからこの場合の『山の神』は祖霊というか、『ご先祖様』ね。田畑や家族を守るご先祖の霊が、田んぼの案山子《かかし》に依《よ》り憑《つ》くというわけ――

清花は深く頷いた。すべての謎が一本に繋《つな》がっていく快感がある。

「……だから横でなく縦に、重なるようにして埋められていた。掘り返された骨だったから」

——この説が正しいかどうかは宗像教授の鑑定結果待ちだとしても、やっぱり事件性はないかもね——

「私的には納得ですが、万羽さんの言うように結果を待ちたいと思います。丸山くんやボスにも話しておきます」

——よろしくね……そういえば……勇くんは無事にそっちへ着いた？——

福子はそう話題を変えた。

「到着して、穴掘りじゃなく料理をしてます」

すると今度は目を丸くして、

——何を作るの？——

と、訊いた。

「さあ、なんでしょう……あとで写真を送りますね」

楽しみだわ、と言って、福子は消えた。

「清花さん、清花さん」

扉の向こうで勇が呼んだ。

「スマホに電話が来てますよ」

通信室を出てみると、スマホがテーブルを滑っている。素早く拾ってモニターを見ると、義母《はは》からの電話だった。

「もしもし？　清花です」

――ああ、清花さん？　さっきは電話に出られなくって――

と、義母は言い、「病院にいたものだから」と続けた。

「え？　どこか具合が悪いんですか？」

――私じゃなくて桃ちゃんよ――

ギクリとした。

――学校から電話があって、病院へ連れて行ってたの――

「桃香がどうしたんです？」

手のひらにイヤな汗をかく。

――田植え体験があったでしょ？　そのとき裸足《はだし》で田んぼに入って、学校で親指が痛くなってね、保健室へ行ったらしいのね？　そうしたら、爪からばい菌が入ってひょう疽《そ》になっているからと……病院で手当てしたから様子を見るわ――

ひょう疽。それは爪周辺の軟部組織に細菌が感染して起きる感染症だ。

「桃香は大丈夫なんですか？」

腫《は》れたり化膿《かのう》したりして痛むと聞いている。すると勇が訊いてきた。

「桃ちゃんですか？　病気っすか？」

「田んぼでひょう疽に罹《かか》ったみたい」

「えっ、じゃ、俺が乗ってきたレンタカー使って帰りますか？」

――マーマー――

スマホから桃香の声がした。

「桃香？　足は大丈夫？」

勇を見ながら娘に訊いた。

――あのねー、親指が赤くなってねー、病院行ったら、おっきいハサミで爪を切られて怖かった。お薬もらって、包帯巻いた――

「痛くない？」

――もう痛くない――

帰れるだろうかと考えていると、土井が戻った。勇が事情を説明している。

「ママがいたほうがいい？」

訊《たず》ねると、「ううん、大丈夫」と桃香は言った。

――桃香は学校をがんばるから、ママはお仕事がんばって。今日はナナちゃんが保健室へ連れてってくれたよ。それでミチオくんが黒板当番代わってくれた。明日《あした》はね、案山子コンクールのポスター描くの――

家庭以外に居場所を作り始めたのだと思った。モチモチモチャモチャとしていた娘はもうおらず、気がつけば、あっという間に成長している。

「そう……ありがとう。ママもがんばる」

──うん。バイバーイ──

心配そうにこちらを見ていた土井と勇に苦笑しながら、

「ぜんぜん大丈夫みたいです──」

と、清花は言った。

「──逆に励まされちゃいました。ママはお仕事がんばって、って」

土井は何かを言いかけて、ズボンのポケットに手をやった。スマホが震えていたようで、清花らに一本指を立てて耳に当てる。

「土井です。ああ、山本さん？　今日はどうも……えっ？」

今度は清花が勇と一緒に聞き耳を立てる番だった。


午後七時過ぎ。黄昏時《たそがれ》の旧ソメ村は黒くなった景色の縁がわずかに赤く、紫色の空が広がって、星がいくつか瞬き始めた。

勇が作った夕食は、インスタント麺《めん》のスープを混ぜてホイル焼きにした豚肉を、水でふやかした麺に挟んでホットサンドのように焼いたもので、熱々のうちにチーズを載せて各自の皿に盛り分けていた。つけ合わせの野菜は清花がカットしてきたキャベツで、みじん切りにしたニンニクとオリーブオイル、塩とコショウがかかっていた。テーブルの真ん中に鍋《なべ》が置かれて、乾燥野菜のスープの中にシャウエッセンが泳いでいる。清花は料理を写真に撮って、さっそく福子に送信した。エプロン姿の勇がそれを覗《のぞ》き込んで返信を待つ。送って数秒、福子から『GOOD!』が返ってくると、勇はドヤ顔をしてテーブルに着いた。

「ご〜ちそうだ〜」

と、土井が言う。田の神について福子が知らせてくれたこと、塚田家のことや老婆のことなど、情報共有しながらの夕食となった。

「車中メシもだんだん豪華になってくねえ――」

勇が鼻の穴を膨らませて清花を見たので、グーと親指を立ててやる。

「――さっきの電話は山本さんで、明日、淑子さんを連れて来るって言うんだ」

「なぜですか？　調査は終了と話してくれたと思っていたのに」

清花が訊《たず》ねる。

「朝一で行くから待って欲しいってさ」

「穴は埋めちゃったけど……どうしても自分の目で確認したいということでしょうか」

「いや、そうじゃなく……」

土井は運転席に目をやった。村の夕暮れが美しいので、それを見るためシェードを下げていなかったのだが、今では外より内部が明るく、車内の様子は丸見えだ。いるのが案山子だけだとしても、土井は立って行ってシェードを下げた。

「ネバーランドで話したときも心配そうではあったけど、なにぶん見たのが夢だからねえ。夢で娘が示した場所が本当に田の神さんの下だったのか、確信が持てないということらしい。ここへ来てみればハッキリしたことがわかるだろうと、だから待っていて欲しいと言うんだ」

「おっ」

と、勇は清花を見つめ、

「もしかして、俺の出番があるかもしれないってことですか?」

と、嬉《うれ》しそうに笑った。

「出番はあったわ。インスタント麺のホットサンドおいしい」

「いや、だから、そうじゃなく」

「夢に見たのは私ですから、私が行くまで待ってくださいと、淑子さんは言ってるそうだ。山本さんは恐縮してたけど、もともと淑子さんのためにしていることだし」

「まあ……淑子さんの気持ちもわかります。生きているのか死んでいるのか、それすらもわからないのが辛《つら》いのよ」

「気持ちの切り替えできないっすもんね――」

身内の不幸を最近知った勇も言った。

「――たとえどんなに辛くても、知ることで前に進めるって部分は、実際あると思うんですよね。たぶんお母さんは、珠々子さんがいなくなった時点で時間が止まってるんだと思います」

「風が吹いても、雨が降っても、暑くても、寒くても、娘が辛い思いをしているんじゃないかと心配している。昔、実家の近所に子供を亡くした人がいて、お墓に布団を掛けたって……そんな話を思い出したわ……死が救いだとは思わないけど、死者は寒さなんか感じないし、もう怖くもないのよね……そんなことが救いって、辛すぎるけど。淑子さんは三十年も生殺しの状況でいるんだわ」

三人は珠々子の母親が到着するのを待つことにした。


清花も勇も土井までもが外便所を怖がったので、小学生の連れションよろしくみんなで一緒に庭に出て、大声で話をしながら順番にトイレを使うという奇策に打って出た。暗い田んぼで案山子《かかし》が動いたら怖いので、庭より外は見ないようにして、その夜は平和に眠りについた。

夜中に風は強くなり、車がゆさゆさ揺れ始めたが、清花はシュラフに潜り込み、桃香が作ったかもしれないド派手な案山子のことだけを考えた。土から出てきた白骨や、塚田の家に茂る楠《くすのき》や、ズボンを下ろされた案山子など、雑多な記憶を夢に見ながら、気がつけば夜が明けていた。

佐久間家の外水道で顔を洗って田んぼを見ると、案山子の群れは昨日のままに行儀よく並んで立っていた。山際にある塚田の家は佐久間家の庭からは望めない。この日も快晴で、早朝から小鳥が騒がしく鳴いていた。

午前八時三十分。

車内で今後についての打ち合わせをしていると、本庁からの通信ランプが点滅を始めた。三人は顔を見合わせて、土井が通信室へと入っていく。清花と勇も後に続いた。土井と清花が席に着き、二人の後ろに勇が立って、モニター画面に福子を呼び出す。今朝の福子はいつもより前のめりになって現れた。

――おはようございます――

と、福子が言って、清花らもそれぞれ挨拶《あいさつ》をした。

「何かな？」

――これを見て――

土井が口火を切ったとたんに、福子は両手で持ったプリントをカメラに向けた。それは村に着いた日に清花が撮って送った案山子の写真の一部であった。

「案山子だねえ」

呑気《のんき》な調子で土井が言う。

プリントの奥から顔を覗かせ、福子は「ふふふ」と、不敵に笑った。

——昨日、清花ちゃんにも言おうとしたけど、結局、言わなかったのよねえ——

そして手元に何かを引き寄せた。

——昭和二十七年に塚田初子さん二十一歳が行方不明。その三年後に当時五歳の女児が神隠し。六年後、行商で村に入った三十二歳の主婦も行方知れずに。間が空いて二十年後の昭和五十六年には若妻が失踪《しっそう》。田中熒ちゃんの水死疑いはその七年後……そして山本珠々子さん、平成五年のお盆に失踪——

福子は何を言いたいのかと、清花たちは眉《まゆ》をひそめた。

——可能な限り情報を集めても、失踪当時の服装がわかったのは熒ちゃんと珠々子さん、あとは篠本さんのお姉さんが、ざっくり野良着だったということだけ。でね、きっかけは、土井さんや清花ちゃんが送ってくれた写真の中に、吊《つ》りスカートを穿《は》いた人形の写真があったことなの——

これよ、と見せてくれたのは、飛び出し注意の啓発用に置かれたとされる人形だ。ヘルメットを被《かぶ》って吊りスカートを穿き、くるぶしまでのソックスに、赤い靴を履いている。

――今どき吊りスカートって珍しいでしょ？――

確かにそうだ、と清花は思う。昭和の頃ならいざ知らず。

――それが気になっていたんだけれど、資料を読んでいて気がついたのよ。川でランドセルが見つかった田中熒ちゃんの、失踪当時の服装よ――

清花は素早く部屋を出て、福子がまとめてくれた資料一式を持って戻った。田中熒の調書を見ると、白の半袖《はんそで》ブラウス、紺色の吊りスカート、桃色の靴下、赤いズック、と書いてある。

「交通安全人形が着ていた服に似ています」

――でしょ？　そこで人形の写真を田中博次さんに送って見てもらったの。ご両親に確認するのに時間がかかってしまったんだけど、ここ――

人形が着ていたブラウスの、胸の部分を指して言う。

――ここに小さな刺繍《ししゅう》があるの。これは熒ちゃんのお祖母《ばあ》ちゃんが、他の子の服と見分けやすいよう付けてあげた模様なんだって――

「そういえば」

と、清花は土井の顔を見た。

「靴に名前が書かれていました。滲《にじ》んで読めなくなっていたけど」

「ええ」

勇が指で鼻の下をこする。

「どういうこと？　なんで人形が焚ちゃんの服を？」

清花が言ったときだった。

「あのー、おはようございますーっ」

外から呼ぶ声がした。一同はハッと視線を交わし、素早く勇が出ていった。

「ごめん、万羽さん。山本さんが到着した――」

土井はモニターの福子に言った。

「――あとでまた連絡するけど、急いで調べて欲しいことがある」

土井が話すのを聞きながら、清花も勇の後を追う。

頭の中では、焚ちゃんの服を着た人形のことが渦巻いていた。


勇はすでにキャンカーの外にいて、如才なく山本に昨日の礼を言ったりしている。佐久間家の庭にはキャンカーの並びに軽トラックが停められて、今日は達弥の代わりに淑子が恐縮して立っていた。

「ああ、土井さん。わがまま言ってすみません」

土井がキャンカーを降りて来ると、山本は眉尻《まゆじり》を下げてそう詫《わ》びた。

「母ちゃんが思い出したってきかないもんで」

「ごめんなさいね」

と、淑子も言った。上気した顔に必死の様子が浮かんで見える。ただ、ここには座って話を聞ける場所がない。キャンカーに招き入れるのも具合が悪いので、収納庫からキャンプ用チェアを出し、山本と淑子に座ってもらった。土井は車のステップに腰を掛け、清花と勇は佐久間家の水桶《みずおけ》を借りてきて地面に伏せると、そこに座った。

「昨日はお手数をおかけしました。でも、石の下から骨が出たって」

土井は「はい」と、頷《うなず》いて、

「調べて結果を報告しますね」

と、淑子に言った。

「なんで……どうしてそんなところに人の骨があったんでしょう？」

「そうですね。でも事件性はないと思いますし、然《しか》るべきところで調べてもらう予定です。それにつけても、こちらからお願いもあったので、来ていただいてちょうどよかったんですよ」

土井はニコニコしながら淑子に言った。

「出たのが古い骨なので、上手《うま》く検出できるかどうかわかりませんが、お二人との血縁関係を調べるためにDNAを提供していただきたいのです」

「えっ、俺ですか？」

と、山本が言う。

「それと淑子さんも。あとは、できれば敬三さんのように佐久間家と血筋の深い人物のDNAがあるとなおいいですが」

「あの骨は佐久間家のご先祖のものである可能性が高いんです」

「やっぱり墓だったってことですか？」

「でも本家のお墓は山にあるのよ」

それで清花が説明する。

「昭和初期か、もっと昔の風習に、土葬したあとでお骨を掘り出し、田んぼに移して守り神とするようなことがあったらしいんです」

「……え」

と、淑子が両手を合わせる。

「そうやって大事な田畑を守ったんです」

「田の神さんの正体は佐久間家のご先祖？」

山本が言った。

「DNAを照合して血縁関係があれば、そういうことかもしれません。だから粗末にできなかったと考えるなら辻褄《つじつま》も合いますし」

山本母子《おやこ》は顔を見合わせ、やがて山本がこう言った。

「そっか……そういうことだったんか……なら……たっちゃんに頼んで敬三さんの髪の毛かなんか、もらって送るようにしますけど」

「毛根が付いていないとダメなので、そこはよろしくお願いします」

「わかりました。あと、俺たちのは……」

すぐさま髪をむしろうとするので、土井が慌てて、

「いえ、お二人の分は頬の内側から採取させていただければいいので……採取キットを積んでますから、あとで協力してください」

「ほうですか……いや、なんか、テレビドラマみたいだなや」

山本は少し嬉《うれ》しそうに言う。

「ところで話を戻しますけど、お母さんが思い出したと言われるのは？」

土井は淑子を見つめて訊《き》いた。納屋と地面の隙間に生え出た草に花が咲き、小さな蜂が飛び交っている。淑子は握りしめた両手を胸に置き、熱を込めた目で土井を見た。

「よーく……思い出してみたんです。最初は珠々子が案山子《かかし》になっているのに驚いて、それが本家の石の記憶と重なって、あそこにいると思ったんです……でも……」

「いいですよ。ゆっくりで」

土井の言葉に頷いて、淑子は懸命に説明しようとしている。

「つるべが垂れていたんです」

しばらくすると、身振り手振りを交えて言った。

「珠々子は高いところにいました。見上げるくらいの」

そしてその位置を視線で示した。

「浴衣《ゆかた》姿でした。その骨組みが……」

見えないそれをジッと見てから、土井に視線を移して言った。

「私はあれを知っていました。思い出したんです。それは……」

両目に涙を浮かべて、淑子は母屋を指さした。

正確には、母屋と外便所の隙間を通って裏庭へと抜ける路《みち》である。淑子が夢に見た場所は佐久間家の裏庭にあり、疾《と》うに使われなくなっていた井戸だった。

第七章　DOLL

こちらが水田、こちらが畑、家の裏にも畑があって、そこは果樹園になっていました。このあたりに井戸があります。庭には家守の大銀杏《おおいちょう》……こっちが柿で、こっちが梅の木……これが梨、これはブドウの棚でした。

ネバーランドで地図を描きながら淑子が話してくれた通りに、井戸は母屋の裏にある果樹園の脇に残されていた。かつて、そこには立派な屋根付き柱があって、幼かった珠々子は滑車やつるべに興味を示し、淑子と一緒に水を汲《く》み上げたことがあったのだと言う。

「夢の中で、珠々子はこの井戸の上にいたんです。あの子と水を汲んだとき、あの子の脇に私がしゃがんで、一緒に見上げた柱の様子がそのまま夢に出てきたんです。

私はそれを棒に括《くく》られた案山子のようだと思った。でも、ずっと気になっていたのがつるべです。案山子とつるべは関係ないので」

　そのつるべも、滑車が付いた屋根付き柱も、今は地面に倒れている。

　井戸には蓋《ふた》がしてあるが、真ん中が腐れて押さえの石ごと下に落ち、曲がった骨の部分だけが井戸縁に引っかかっていた。

　淑子の説明を聞いた後、土井と勇は両側から端を持って蓋を外した。全員で中を覗《のぞ》くと数メートル下方に水が見え、半分水に浸《つ》かった状態で朽ちた桶が浮いていた。井戸の直径は一メートル二十センチ程度。楽々と入って行ける大きさではない。

「どうします？」

　底を覗いて勇が訊いた。勇も土井も細身だが、男性なので体格は清花を上回る。

「……そうだなあ」

　と、首を捻《ひね》っている土井に、

「私が行きます」

　と、清花は答えた。

「車にロープを積んでますよね？　私が下りるので男性三人で支えてください」

「いや、俺が行きますよ。俺の姉だし母親なので」

　山本はそう言うが、このさい熱意は関係ない。

「力のある男性が上にいるほうが安全です。屈《かが》んで下りる姿勢を考えれば、サイズ的にも男性では無理でしょう。私が行きます」

「でも……」

清花はニッコリ微笑んだ。

「大丈夫です」

案山子に話を聞かれる気がして（警官ですから）と、口パクを挟み、

「鍛えていますし」

そう言うと、土井も、

「そうね」

と、方針を決めたようだった。

車からロープなど一式を出し、清花は上着を脱いで身軽になった。摩擦でロープが切れぬよう、納屋から持ってきた肥料袋や筵《むしろ》を井戸の縁に置き、懸垂下降できるかたちにロープを結んだ。

「なんでもできるんですねえ」

と、山本が目を丸くしている。

実は決してそうではなくて、牡鹿沼山村で滑落者を救助した経験から必要を感じて訓練したものだった。ロープの先を立木に絡めて男三人がそれを持ち、淑子には井戸の縁から内部を照らしてもらう作戦だ。

清花は一度縁に立ち、仰向《あおむ》いて呼吸を整えた。

水色の空に綿雲が浮かんでいる。その空を、母親と眺めた幼い珠々子を心に刻む。ここにいるなら見つけてあげる。夢に出てまで訴えた、あなたの努力を無駄にはしない。必ず私が見つけてあげる。ママのところへ帰してあげる。生きていたことをなくしたりしない。そんなことは絶対しない。

もう一度深く呼吸して、次からはヘルメットも積んでこようと思った。

「行きます！」

一声かけて降下した。

下り始めてすぐに、やはり男性ではきつかったなと思う。

想像以上に空間は狭く、下方からくる湿気と臭いのせいで生理的嫌悪感と恐怖を感じた。身体をほとんど起こせないので、背中と足を壁にくっつけて突っ張るしかない。それがズルリと滑るのだ。

「ゆっくりでいいぞ！」

土井の声がする。見上げると、ライトで照らしてくれる淑子が見えた。

自分と同じ母親の顔。三十年も娘を案じ続けたその顔に、清花はニコリと微笑み返す。遺体があろうがなかろうが、あなたの思いは受け止める。ここにいるなら見つけてみせる。自分に言って、下降する。

ずいぶんモタモタしたと思ったが、実際にはものの数分で、清花は井戸の水面に到着した。足元にあるのは真っ黒な水で、底は見えない。スッと息を止めて覚悟を決めると、水の中へと脚を伸ばした。

深い。

少し下降し、また足先で探る。と、腰のあたりまでの深さとわかった。

「底に着きました。ロープを緩めてください」

丸く切り取られた天井に叫ぶと、ロープが緩み、土井や勇の顔が覗いた。

「大丈夫ですかー？」

勇の問いには親指で応《こた》えた。

井戸水は想像よりもぬるかった。しかも淀《よど》んで生臭かった。

恐る恐る腰をかがめて底にあるものを探そうとしたが、屈んだ程度では手が届かない。仕方がないので足探りでかき回す。端から丁寧に探っていく。

ポン……ポチャン……と、どこかで水の音がした。

岩で囲った壁面から、水が染み出ているようだ。頭上に芽を出したシダがあり、その葉先に蜘蛛《くも》がいて、こちらへ下りて来たそうに清花の様子を窺っている。ときおり目の端に動くものが映り込み、綿ぼこりのような脚をしたゲジゲジや、毒を持ったヤスデが岩の隙間を出入りする。ぬらぬら光る壁も薄気味悪い虫たちも、見ないようにして清花は探った。

隅から隅まで調べるのよ。

そっと蹴《け》り上げ、手でつかむ。触れてくるのは腐った落ち葉や桶《おけ》の切れ端、溶けてヌルヌルになった縄の欠片《かけら》だ。

淑子さんならこの水に潜ったって子供を捜すわ。

浮かんだ桶を脇へ避《よ》け、壁に沿って進んで行く。一歩……また一歩……小石を踏んだ。足で探ると、何かわからない柔らかいものに触れた気がした。臭い。動物の死骸《しがい》だろうか。骨ではなく、布のようなものだ。

「だいじょうぶー？」

頭上で土井の声がする。清花は足を回して底を蹴り上げ、屈んで両手を水に浸け、首だけ出して生臭い水をかき回し、そうしてついに、それをつかんだ。

「何かあります！　ここに、なにか！」

けっこうな重さがあった。それ自体の重さではなく水の重さかもしれないが、両脚を踏ん張りエイヤッという感じで持ち上げると、ザーッと水の音がして、黒いビニールと麻袋とが交ざったような見た目のものが水面に出た。

大きな袋だ。中に何か入っている。

心臓がバクンと跳ねた。

「ロープをもう一本投げてください。結びますから引き上げて！」

こちらにライトを向けながら、もう片方の手で口を押さえる淑子が見えた。

井戸から引き上げられたのは、黒いビニール袋と麻の袋を二重にして縛ったもので、中には一人分の人骨と、毛髪などが入っていた。

山本は言葉を失って、淑子は地面に崩れ落ち、身も世もなく泣き続けている。びしょ濡《ぬ》れの清花はその脇に立ち、奥歯を噛《か》みしめて両手を拳《こぶし》に握っていた。

黒髪と、頭蓋骨《とうがいこつ》の歯並びや腸骨の広さなどから、骨は若い女性のものだと想像がつく。母親の傍らに跪《ひざまず》く山本の肩に手を置いて、

「足助署の坂下巡査部長に電話してください――」

と、土井は言った。

「繋《つな》がれば、続きはぼくが話します」

淑子が骨を抱きしめたそうにしているので、山本が電話するため離れた後は清花が背中に手を置いて、

「もう少しの辛抱です」

と、ささやいた。

これが誰かという結論はまだ出せないが、彼女の気持ちは清花の心に染みた。

佐久間家の人々が村人と手分けして珠々子を捜しているときに、遺体は井戸に捨て

られたのだと思われた。袋の中には着衣も下着も下駄《げた》もない。その残忍さを思えばこそ、清花は刑事の血がメラメラと燃え立つのを止められない。三十年……三十年も……こんなところに、たった一人で、水に浸《つ》かっていたなんて。珠々子と桃香が重なって、清花は無言で涙を流した。ふざけるな……許せない……怒りを爆発させる相手を探したい。危険な感情だと知ってはいるが、刑事だって人間だ。

「清花さん、着替えないと風邪引きますよ」

勇に言われてようやく気付いた。そういえば、寒くて身体が震えていた。

「淑子さんは俺が見てるんで」

頷《うなず》いてキャンカーのほうへと戻る。

山本と土井が坂下と通話している脇を通って、キャンカーに入る前に外水道で手を洗い、ついでに顔も洗ってから、タオルがないと気が付いた。このまま車に入ったら、車内が水でビショビショになる。収納ボックスからシートを出して車内に敷いて、その上で濡れた服を脱ごう、そう考えながら顔を上げて田んぼを見ると、藪《やぶ》に並んで立っていたはずの案山子《かかし》がひとつ残らず消えていた。

「……え」

庭を飛び出して周囲を見渡す。

随所に上半身を覗《のぞ》かせていた案山子が一体もない。ポンプ小屋にも、田んぼにも、通り向こうの家のほうにも、見える範囲にひとつもいない。

　清花は唐突に気がついた。それは本当に、すべてが案山子だったのか。案山子に人間が交じっていても、気づけなかったのではなかろうか。たとえば夜に、たとえば昼に、自分の近くに誰かがいても、動かなければ案山子と思う。そんなふうにしてソメ村に悪意の誰かが潜んでいたとは言えないだろうか。それは誰？

　清花は着替えず裏庭へ戻った。そこには少し落ち着きを取り戻した淑子母子《おやこ》と、坂下との通話を終えた土井と勇がいて、不思議そうな顔で振り向いた。

「案山子がいません。きれいさっぱり消えてます」

　清花が言うと、

「な〜る〜ほ〜ど〜」

　土井は不敵にニヤリと笑った。


　愛知県警足助警察署からパトカーがやって来たのは、坂下への通報から一時間近くも経ってからだった。新しく道路が通らない限り、距離は近くても遠い村なのだ。長閑《のどか》な村にパトカーがけたたましくサイレンを鳴らして来る様は、下駄履きの探偵金田一耕助《だいいちこうすけ》が活躍する横溝正史《よこみぞせいし》の世界を思わせた。もはやここには駐在所もなく、被害者もその家族も住んではいない。あるのは過去の犯罪の、消すことのできない痕跡《こんせき》だけだ。

担当警察官と一緒に坂下が来て、待ち受けていた清花らに感謝の目配せをし、案内する山本に付いて裏庭へ入って行くと、それを見送りながら土井が言う。

「案山子を片付けたのは吾平さんだね」

他に誰がいるというのか。

塚田吾平は器用な質《たち》で、風呂釜《ふろがま》の修理も建て付けの補修もお手の物だと聞いている。高齢だが、ここで暮らすには車が必要で、案山子の回収などは車を使えばすぐできる。

土井はクルリと清花らを見て、

「お母さんに言われたか……もしくは案山子を調べられたくなかったか」

「行方不明者の服を着させていたからですか」

清花が問うと、

「それもある」

と、土井は答えた。

「これはもう、本人に話を聞くしかないでしょう」

「つまり、珠々子さんを拉致《らち》したのは吾平さんすか？　そうっすよね？——」

勇が訊《き》いた。

「――吾平さんは村中の家々に出入りしていたわけでしょう？　珠々子さんとも、他の行方不明者とも面識があって、警戒されない立場だった。それなら、たとえば盆踊りの後に田んぼの中で声をかけられたとしても、警戒しないで付いて行くでしょ。子供だって同じです。『知らない人』じゃなくて、『知ってるいい人』なんだから……田中熒ちゃんだって水死じゃなくて誘拐でしょ？　失踪《しっそう》時に着ていた服を、今ここで人形が着てるって、おかしいでしょ」

興奮してまくしたてるので、

「でもまだ証拠は何もないのよ。吾平さんではなく、お母さんの仕業かも」

清花は言った。勇は眉《まゆ》をひそめて一瞬考え、

「……え」

と言って首を傾げた。

「いや、たとえばそうだったとしても、ですよ？　女性が一人で遺棄するのは難しいでしょ。少なくとも吾平さんが共犯でないと。それに動機がありません」

「本人にしかわからない確執があったのかもしれないわ。まあ、私も冷静になろうとしているだけで、丸山くんと同じことを考えてはいるけれど」

「今のところはすべて状況からの推測に過ぎないけどね」

土井は眉尻《まゆじり》を下げて苦笑しているが、その眼差《まなざ》しはあまりに鋭い。

「遺体が残されてんのは珠々子さんだけじゃないかもと……土井さんは思ってるってことっすか？　証拠はまだ村にあるって……あ、だからか……だから二人は今も村を出られずにいる？」

「そこだよ」

「土井さーん」

裏庭のほうから山本が顔を出し、

「ちょっと事情を聴きたいそうです」

呼ばれたので井戸のほうへと移動した。担当刑事に訊かれたのは、なぜ井戸を探ったのかということだ。土井が山本母子と会った顚末《てんまつ》を話し、説明の穴を清花と勇が補完していると、坂下巡査部長がそばへ来た。

「本当に見つけてくれましたねえ」

清花と勇は、刑事への応対を土井に任せて数歩下がった。

坂下は背中で手を組んで、採証作業を見守る構えだ。清花にとっても見慣れた光景ではあるが、所轄の刑事としてではなく外部の協力者としてそれを見るのは奇妙な気分だ。現場担当者と土井の会話を聞きながら、坂下はボソボソ言った。

「実はあの後――」

あの後というのは本庁を訪れた後、という意味らしい。

「自分でもまたちょっと調べてみましたわ。駐在員の任期は、今では三年と決まってますがね、当時はもっと長い場合もあって、私のときは四年でしたか……先輩は、なんやかやと五年程度はこの村に関わっていたそうでした……でね？」

坂下はチラリと清花を見て、

「大昔の記録なんか残っていないと思ってましたが、土井さんたちが民俗学者をやるって話を聞いたので、ふっとアイデアが湧いてきまして。そうだ、警察の記録ではなく別の記録を調べてみたらどうだろう……とね」

嬉《うれ》しそうにニヤリと笑う。

「そうしたら、ありましたよ。ソメ村を含め一帯の郷土史を編纂《へんさん》している素人学者を見つけてね、もしやと思って問い合わせたら、廃棄予定だった記録や書簡をコレクションしてるってことでした。で、ご自宅へ行って調べさせてもらったんですが、そこに昭和三十五年から三十八年までの駐在所の日記が交じっていました」

「そんなことが」

と、言ったのは勇だ。坂下はまたニンマリとした。

「データと違いますから、記録は全部紙ですよ。かさばって重いので燃やしたり廃棄したりするわけですが、持て余した分が支所の物置や個人の家の納戸なんかに残ってることがあるそうで、そういうのを探して集めてる人がいるってのはまあ……」

坂下はちょいと首を回して周囲を見てから、半歩ほど近づいて声をひそめた。

「昭和三十六年の六月。名古屋からソメ村へ行商に来た三十二歳の主婦が、自宅へ戻らず消えていまして、村まで捜しに来た亭主の証言が書かれていました」

その件は福子の資料にもあった。家族から届けが出されたものの、消えたのがソメ村だという確証もないということだったが。

「その主婦に、どうも間男がいたらしいんですなあ」

「なんですか？　マオトコって」

と、勇が訊いた。

「浮気相手のことよ」

清花が言うと、目を丸くして「へぇ」と頷《うなず》く。

「話はここからが奇妙です。いや、今に至って自分がそう感じるだけで、当時はなんということもなかったのだと思いますがね、亭主が言うに、間男は二年前まで家に下宿していた若者に違いないと。自宅は一階が乾物屋と家族の住居、二階が下宿だったそうですが、その若者は農業機械の工場に勤めていたというんですなあ」

ん？　と、清花は首を捻《ひね》った。似たような話をどこかで聞いた。

そしてすぐに思い出した。

結婚当初は夫がセールスマンをしていた農業機械の会社の寮で暮らしていたという、

淑子の話と似ているのだ。但し行商人の失踪は淑子の結婚より前だ。

「その農業機械の会社ですけど、ソメ村と関係が深かったということは？」

種籾圃場《たねもみほじょう》すら備えていた米の産地というのなら、可能性はあると思った。

「さすがですなあ」

と、坂下は満足そうに頷いた。

「ソメ村の塚田家と農機具会社は深い関係にありました。そもそも先代の当主だった正芳さんは、その会社にいて村へ出入りし、塚田家の婿養子に乞《こ》われたわけです。私が在任していたときも、村のほとんどがそのメーカーの機械を使っていましたよ」

「え、つまりはどういうことっすか？」

勇が訊くと坂下は、

「下宿していた青年は、『塚田くん』と呼ばれていたと日記にあります」

清花と勇が思いを巡らせるのを待ってから、坂下は続けた。

「何かひっかかりませんか？　主婦の夫も、『ソメ村は行商先ではなかった』と証言していたようですが」

「主婦は『塚田くん』を追いかけて村へ来た？」

「はいはい」

と、坂下は一本指で清花を指した。

「まあこれは、裏付け捜査のない私の勝手な妄想ですが。塚田くんの年頃に見合う青年は、当時の村に数人程度いたように思います。塚田姓の家が多かったので。で、行商人失踪当時の駐在さんも、村を一軒一軒回って聞き込みをしています」

「塚田くんは吾平さんですね？　吾平さんは成人してからしばらくの間、大阪か名古屋で働いていたと聞きました。父親の正芳さんが耕運機の事故に遭って働けなくなったので戻って来たと」

「そうです。駐在の日記にも塚田吾平の名がありました。だからといってそれだけですが」

「待って、待って……ちょっと待って……」

清花はポケットからケースを出して、蓋《ふた》を開けるとランダムにグミを拾い上げ、一気に口に入れて勇に渡した。勇も数粒拾い出し、坂下に勧めたが、

「いえ、私は……」

と、断られてしまった。

「クニョクニョした感じが苦手でしてね」

そこへ土井が戻ってくる。坂下に会釈してから、

「井戸で見つかった遺骨に関して、足助署に引き継ぐことで決まりましたよ」

清々《すがすが》しい顔でそう言った。

「担当刑事さんにも話しましたが、別途、佐久間家の田んぼから古い遺骨が二体分見つかっているんですがね」

「えっ！」

坂下が大きな声を出したので、土井は眉毛《まゆげ》をハの字に下げた。

「そちらは事件とは無関係だと思われます。骨を研究している千葉大の先生によれば、舌に張り付いてきた時点で百年は経過しているだろうということで、彼に鑑定を依頼しますから。結果を足助署と共有させていただきます」

「舌？　舌に張り付く？　え」

坂下に訊《き》かれて土井は答えた。

「手っ取り早く年代を推定する方法を、その先生から教わったんですよ」

「つまり、なんです？　土井さんが」

「頭蓋骨《とうがいこつ》を舐《な》めたってことです。ベローって」

グミを嚙《か》みながら清花が言うと、坂下はゲテモノを見るような目を土井に向け、

「それはそれは……」

と、苦笑した。土井は清花と勇に目を向けて、

「井戸の遺骨と照合する必要があるから、淑子さんたちのDNAは足助署のほうで採取してもらうことにしたからね。ぼくらはそれをデータでもらうか、千葉大の宗像教

授に直接送ってもらうかするから……敬三さんの頭髪はこっちへ送ってもらうけど」

　すると勇が土井に言う。

「塚田吾平さんと失踪者《しっそう》を繋《つな》ぐ点を坂下さんがみつけたそうです」

「昭和三十六年に行方不明になった行商人主婦は名古屋の人で、彼女の家に吾平さんが下宿していたんじゃないかって」

「下宿人は主婦とデキていましてね？　行商にかこつけて追って来た可能性もあるのではないかと」

「なーるーほーどー」

　と、土井は頷く。

「次第に読めてきた～……閉鎖社会で事件が起きてもニュースにはなりにくい。誰がリークしたか、すぐわかってしまうから……そのくせみんなが知っている」

　そして坂下に目を向けた。

「坂下さんの任期中、ここはまだ村として機能していたわけですよ。だから証言は取りにくかった。村がなくなった今だからこそ、人々は内情を語り始める……たとえば塚田家の奥様のことなんかをね」

「それは赴任当初も感じたことです。山本珠々子さんが行方不明になったときも……土井さん。あなたが警視庁捜査一課の敏腕刑事だったことは存じています。今さらながら、お目にかかれて大変幸甚なことでした。この村で起こった一連の失踪事件は、ひとつに繋がると思われますか」

土井が返答する前に、バタバタと音を立てて頭上を鳥が飛び去った。顔を上げた勇が敷地の外へと駆けていき、大声を出す。

「山から煙が出ています！」

足助署の警察官らはまだ裏庭で作業をしている。清花と土井が坂下と一緒に勇の許《もと》まで走っていくと、山手に白く煙の筋が立っていた。

「塚田家の方角ですな」

坂下の言葉を聞くなり、土井は勇のレンタカーへと踵《きびす》を返した。

「え、土井さん？」

勇が庭へ走って戻り、清花は素早く助手席に乗る。勇も後部座席に乗り込んだ。

「塚田家へ行きます。報告はまた」

坂下にそう言ってドアを閉めると、土井はシートベルトをしてエンジンをかけた。何か言いたげにこちらを見ていた坂下も、車が庭を出る頃には仲間の警察官のほうへ駆けて行った。遠からず追いかけてくるのだろう。

「何の煙でしょう」

清花が問うと、

「案山子《かかし》を燃やしているのかも」

と、土井は答えた。

「火が見えます」

窓を開け、首を伸ばして勇が言った。

「火事というわけでもないみたいです。やっぱ案山子かな。燃えやすそうではあるけども、燃やすのは田んぼが終わってからなんじゃ？」

「パトカーのサイレンが聞こえたんだよ。ぼくらを警戒してもいたしね」

「吾平さんが、ですか？　奥様が？」

「どっちもだよ」

葦田《あしだ》の中を、車は猛スピードで進んでいく。巨大な楠《くすのき》を傘にして山裾《やますそ》に建つ塚田の家が見えてくる。塀と蔵とで囲まれた広い敷地の前庭で、白い煙を立てながら、チロチロと炎が中空を舐める。あの中で、無数の案山子が燃えているのか。

案山子には神が宿ると聞かされた。その神は山から降りてくる先祖の霊だ。家族が働く農地に招かれ、案山子となって田畑を守り、子孫を見守り豊作を呼ぶ。そこに清花が見たものは、土地を介した一族の絆《きずな》だ。でも……。

「ここの案山子は違うんですね」

煙を見つめて清花は言った。胸の奥にはメラメラと怒りの炎が燃えていた。

「イタズラされてズボンがなかったわけじゃない。置かれた案山子はどれもこれも、慰みもののヒトガタだった。私、覚えています。達弥さんが村の案山子を『村の人たちに似てる』と言っていたことを。あれはあの家の婆さんだとか、こっちはどの家のおばさんだとか、わかる気がすると話していました。もしかすると案山子の本当の役割は、村を捨てた人たちを案山子に見立てて貶《おとし》めることだったんじゃないかと思う……だから慌てて回収し、燃やさなければならなくなった」

塚田家の畑は現役で、まだ菜の花が咲いていた。掘り起こされた土は褐色で、植えられたばかりの野菜の苗も瑞々《みずみず》しい。村の中でそこだけが、植物の息吹《いぶき》に満ちている。巨大な農家はその奥にあり、高く積まれた案山子たちが、空に向かってゴンゴンと細かな火の粉をまき散らしている。

「家に燃え移らないかな、大丈夫かな」

それを見て勇が心配そうに言う。

けれど車が近づくにつれ、前庭の十分すぎる広さがわかった。入口の門より前に土井が車を止めようとしたとき、案山子を炎に放り込もうとしている人物が門の隙間に見てとれた。蓬髪《ほうはつ》を振り乱した老婆だ。素足に草履をひっかけて、寝間着のような黒地の単衣《ひとえ》を羽織っている。

「あれ」

と、清花は悲鳴を上げた。

「珠々子ちゃんの浴衣《ゆかた》です！　金魚の模様がついている」

老婆はそれを素肌に着込み、腰だけを紐《ひも》で結んでいた。エンジン音に気がつくと、抱いていた案山子を炎に投げ込み、まっしぐらに向かって来た。土井が車を飛び降りたときにはもう、門にある木戸が閉まろうとしていた。

「塚田さん！」

呼びかけながら、土井が木戸へと突進していく。

清花と勇も追いかけた。すんでの所で土井が手をかけて押さえ込んだので、それ以上は木戸が閉まらず、老婆は大声で呪ってきた。

「失《う》せろ、泥棒！　失せろ！　失せろ！　穀潰《ごくつぶ》し、怠け者、ひとごろし」

「塚田さん、ちょっと話を聞かせてください。ねえ、ちょっと、その浴衣は……」

力を込めると木戸は唐突にドーンと開いて、老婆の姿は消えていた。

庭で燃えていた案山子が崩れ、炎の中から交通安全人形が無惨な顔でこちらを見た。前に土井が言ったとおりに、そのうちの一体は手首に針金で鉈《なた》が括《くく》り付けられている。清花は庭に走り込み、燃やされる前の案山子をつかんでスカートを剝《は》いだ。思った通り、下半身に性器のマークが描かれている。別の案山子も、そのほかのものも。

老婆の姿はどこにもなくて、清花は土井と視線を交わす。

「火を消しますか」

勇が訊いた。

「無理だ。放っておけ」

土井は鋭く吐き捨てて、

「写真は万羽さんに送ってあるから大丈夫だよ」

敷地の中を見回すと、

「吾平さーん、塚田吾平さーん！」

と、大きな声で呼ばわった。

まさか……返答はない。

清花は、無惨に殺害された吾平の姿を見つける気がした。物陰から老婆が鎌で襲いかかってくるのではないかと身構えた。防刃用に上着を脱いで腕に巻き付け、四方に目をこらしていると、土井はスタスタ歩き出し、母屋ではなく納屋へ行く。

「え、ちょっと土井さん」

老婆の襲撃に備えるために、清花は勇と土井から少し離れて付いていく。

門の両側は扉のない納屋だ。片方の納屋には軽トラック、軽自動車、トラクターに耕運機、発電機や選別機などの農業機材が入れられている。門の反対側にある納屋には、藁《わら》や筵《むしろ》や肥料のほかに農耕具が収めてあった。巨大な母屋はかやぶき屋根の平屋造りで、縁側は雨戸がすべて閉まっていた。玄関は大戸に潜《くぐ》り戸が付いたタイプで、潜り戸は開けっぱなしになっていた。

パチパチと火の音がして、藁の燃える匂いが漂う。風向きが変わると目を開けていられないほど煙い。土井は遠慮もなしに庭を歩いて、あちらこちらを覗《のぞ》き込む。立派な屋根付きの井戸があり、穀物庫があり、使用人が暮らせる程度の小屋があり、空っぽの棚が並ぶ納屋がある。家畜小屋は佐久間家のものにそっくりだ。

その先に、経年劣化で漆喰《しっくい》が剝げ落ち、中土のヒビが目立つ土蔵があった。すでに扉もなくなって、ポカンと口を開けている。土井はその中へ入って行く。

吾平も老婆も姿を見せず、山でカラスが鳴き出した。

土蔵には床がなく、壁が地べたに直接立っていた。入口の敷居を跨《また》いで土井に続くと内部は暗く、二階へ上がるための階段が入口脇についていた。二階の高窓から入る光が隙間にチラチラ照っている。それがそのまま地べたに落ちて、時代の匂いが胸に刺さった。内部はガランとしていたが、階段裏の暗がりに、黒くて大きな長持が隠すようにして置かれてあった。長持の上には土器《かわらけ》が三つ。飾るようにして載せられている。

「勇くん」

土井は長持に近づくと、土器を地べたに下ろして閂《かんぬき》を外した。

清花は土蔵の入口にいて、やはり襲撃を警戒している。

遠くでサイレンの音がする。坂下が向かって来るのだと思う。

「そっち持って」

「はい」

「重いよ？」

「大丈夫っす」

背中に声を聞きながら階段下に目をやると、二人が長持の蓋《ふた》を開けるところであった。土蔵の一階にあるのはそれだけだ。やがて、持ち上げられた蓋が本体に立てかけられて、勇がスマホのライトを内部に向けた。

「ぎゃっ」

勇の声だったと思う。

「どうしたの？」

蔵の外を見ながら訊《き》くと、

「……たぶん最初の犠牲者だ」

土井は静かにそう言った。

たまらず清花も蔵へ入って、階段下の長持を見た。勇のライトは胎児のように丸まった姿勢の女性のミイラを映し出していた。首に手ぬぐいを巻き付けて、綿のシャツ

に割烹着《かっぽうぎ》、袖《そで》あてをして、下半身は剝き出しだ。清花はヒュッと息を呑《の》み、

「……篠本さんのお姉さん？」

記憶した資料に照らしてつぶやいた。

「そう。塚田初子さん二十一歳。昭和二十七年に農作業の帰りに行方不明になった。おそらく彼女が最初の被害者だったと思う」

土井は遺体を見つめて言った。

そうならお腹に、生まれるはずだった赤ちゃんがいる。

「え……え……？　意味がわからないんですけど」

勇には何も答えずに、土井は蔵を出て行った。

互いに顔を見合わせながら、清花と勇も後を追う。

庭では案山子《かかし》の山が崩れ落ち、広がって、まだ燃えている。パトカーのサイレンが近づいて来る。それでも清花は土井を追う。

「塚田さん？　入りますよ？」

土井は玄関の潜り戸を覗き込み、声をかけてから中へ入った。当然のように清花らも続く。内部は暗くて広い土間であり、片側に土の竈《かまど》が並んでいた。冷え冷えとして天井もなく、丸太を縄でつなげた屋根の内側が剝き出しで、梁《はり》に渡した竹の棚に、筵や乾物や紙にくるんだものなどが埃《ほこり》まみれで載せられていた。竈の脇に作業スペース

のようなものがあり、地面に筵が敷いてある。反対側は居間だった。

「ごめんくださーい」

と、土井はまた言った。

振り返って頷《うなず》くと靴を脱いで式台に上がる。中央に囲炉裏がある居間は板の間で、木製の襖《ふすま》は閉めてあり、神棚に埃がゆらゆらしていた。

「塚田さーん」

最後に大きく呼んでから、土井はそれきり声をひそめた。後ろ手にサインを送って警戒しろと言う。清花と勇はそれぞれ別の方向を警戒しながら土井に続いた。

板の間は普通の民家のような様相だった。茶簞笥《ちゃだんす》の上にこけしなどが飾られて、壁にカレンダーや日めくりがあり、古い繭玉が天井に揺れ、変色した新聞紙の束が積み上げてある。座布団があり、茶を飲んだ形跡もある。けれどテレビは置かれていない。使えているのか不明だが、昔の黒電話と古い扇風機もあった。

土井は正面奥の襖を開けた。中は畳敷きの座敷だったが、ガランとしていて何もない。向かって左の障子を開けると廊下で、縁側の雨戸が閉まっていた。梁に蛇の串刺《くしざ》しがある。何匹もいて、干物のようになっていた。

右側の障子を開けると仏間があった。天井に届くほど巨大な仏壇は扉がピッタリ閉じられている。長押《なげし》にずらりと故人の写真が飾られて、黒枠の額に納められた人々がジロリとこちらを睨《にら》んだ気がした。土井は何も言わないし、清花も勇も無言のままだ。

仏間には次の部屋へ向かう襖のほかに、屈《かが》まねばならないほど小さな扉がひとつあり、そこだけ境の畳がささくれていた。扉を開けると凄《すさ》まじい悪臭がした。それでも土井は内部に入り、勇より小柄な清花が続いて、勇は外から中を覗き込んだ。

天井に下がった紐《ひも》を引っぱると、薄暗い裸電球が三畳程度の室内を照らした。窓もなく、畳も敷かれず、壁紙も貼られていない板の間だ。空の布団が敷かれた状態で床にあり、ぺったんこで、湿って、汚れていた。布団の周囲には汚れた布や紙などが散乱して足の踏み場もない状態。部屋の隅では山になった汚物が干からびていた。

「これは……」

失踪《しっそう》した女性たちがここに監禁されていたのではないかと清花は思った。トイレにも行かせてもらえずに、垂れ流しを強要されていたのだと。

土井は無言で部屋を出て、今度は仏間の奥の襖を開けた。六畳ほどの小部屋である。さらに奥、その奥へと無言で進み、赤ケヤキの板戸がある部屋の前で止まった。

視線を上に這《は》わせていると思ったら、乱暴に板戸を引き開ける。

明かりとりの窓がひとつあるだけの、納戸のような部屋だった。三枚敷かれた畳の上にテレビが一台置かれている。座布団と、酒や食べ物のゴミがあり、蓋の開いた段ボール箱からビデオテープが覗いていた。

瞬間、清花は部屋に飛び込んで小型テレビのスイッチを入れた。

テレビアンテナと繋《つな》がっていないから、これはただのモニターだ。波のようなノイズを見つめてビデオデッキの再生ボタンを押したとき、ドタバタバタ！　と音がして赤ケヤキの板戸が外れ、

「どろぼうっ！」

と叫ぶ声がした。ブンと草刈り鎌が宙を切り、姿勢を落とした土井の頭をかすめた。痩《や》せて骨だらけの老婆の裸体が一瞬見えたと思ったら、鎌は勇の頬をかすめて鴨居のあたりにグサリと刺さった。

「土井さんっ」

勇が素早く老婆の手を取り、土井は腰にしがみつく。その間にビデオは再生を始め、モニターにおぞましいものが映った。

「ひとごろしーっ！　村を出て行けーっ」

老婆の声がそれに重なる。

彼女は浴衣《ゆかた》を着ていたが、はだけて半裸の状態だ。勇と土井が両脇を押さえても、足を蹴上《けあ》げて反抗している。モニターは、死体になった少女が服を剝《は》ぎ取られているシーンを映していた。カメラはおそらく犯人の額に固定されている。だから犯人は映っていないが、手つきは慣れたものだった。それが行われているのはこの部屋だ。畳

の傷を目で追って、清花はそれを確信した。

「ちくしょう！　バカヤロウ！　ひとごろし！」

老婆のほうへ視線を向けると、彼女は蓬髪《ほうはつ》の隙間から炯々《けいけい》と眼を光らせて、唾液《だえき》を飛ばしながら清花を睨み付けてきた。細い身体は筋肉質で、肋《あばら》の浮いた胸に乳房はなかった。金魚模様の黒い浴衣は腰紐一本で身体に留《とど》まり、下半身が覗《のぞ》いている。土井と勇はその人物を、お白洲《しらす》に引き出された罪人のように跪《ひざまず》かせて制圧している。

鬼気迫る形相にひるみもせずに、立ち上がって清花は見下ろした。

「……あなたは」

土井が老婆の頭に手を置いて、蓬髪をむしり取るようにすると、髪は頭皮ごとずるりと外れた。

「ひぇっ」

と、勇が小さく漏らす。

紛れもなく、そこにいたのは塚田吾平であった。


パトカーは門の外に止まっていて、土井と勇が吾平を土間まで引いてきたとき、坂下が警官一人を従えて式台の前までやって来たところであった。靴脱ぎに靴を脱いだので、土井たちが家人に招かれて建物内にいると思ったようだ。

老人を引きずる土井と勇に、坂下は目を丸くして驚いていた。

半裸の吾平が見苦しくないよう、清花は浴衣を引っ張って下半身を隠したが、そのとき唾《つば》を吐かれて咄嗟《とっさ》に拳《こぶし》が出そうになった。が、なんとか堪《こら》えた。

今も腸《はらわた》が煮えくり返っているが、それは唾を吐かれたからでなく、あのおぞましいビデオに映っていた少女が田中熒ちゃんだとわかったからだ。段ボール箱の中にはビデオテープの他に女性の下着や死体の写真が残されていた。ポラロイドカメラで撮られた写真には、犠牲者たちが案山子よろしく十文字の竹竿《たけざお》にくくりつけられる様子が写されていた。その前にお膳《ぜん》が置かれ、酒や樒《しきみ》が供えてあるのだ。

「これは……土井さん……いったいどういうことですかな？」

男二人に羽交い締めにされた老人を見て坂下が訊《き》いた。駐在時代の坂下にとって、塚田吾平は、庄屋《しょうや》筋なのに威張ったところのない、いい人だったからである。土井が頭から外した蓬髪は、今は清花が持っている。それを坂下に差し出すと、怪訝《けげん》そうに受け取ってから、

「ひゃっ！」

と、叫んで土間に落とした。

そうだろうとも。それはカツラなどではなくて、生の頭皮を剝がして乾かしたもの

だ。囲炉裏の間は襖も障子も開けっぱなしで、今は座敷や仏間が丸見えだ。仏間の奥の隠し部屋も同様で、家中に異様な臭気が漂っている。

説明を求める坂下と若い警察官に、土井は伝えた。

「庭の土蔵に死体があります。長持の中に隠されていました。おそらくですが、昭和二十七年に失踪した塚田初子さんのご遺体だと思われます」

「え……えっ」

と、坂下は言い、若い警察官を振り向いた。

「連絡してこっちに来てもらえ」

若い警察官が出て行くと、土井は続けた。

「母屋の奥の納戸に証拠品が……この男は犯行の様子を写真やビデオに残していました。戦利品もあるようなので、ＤＮＡが照合できるでしょう」

「ちなみに、着ている浴衣は山本珠々子さんのものですよ」

勇が言うと坂下はようやく着物に目をやって、何とも言えない表情を作った。

「そ……ああ、そうですね。金魚の浴衣だ……だけどどうして、吾平さん」

吾平は今や力なくうなだれて、ただ一心に床を見ている。

「ここから先は、ぼくの勝手な推測に過ぎないんですけど」

老人を押さえる力を緩めることなく土井が言う。

「おそらくは、土蔵の初子さんが最初の犠牲者だと思います。当時で彼女が二十一、この老人が十八くらい、分家の若い嫁に恋慕したのか、実は恋仲だったのか、遺体の状況を見るに前者だったと思いますけど、最初の事件は起きてしまった。犯行現場はこの家の敷地内で、それを父親に見つかった」

「え」

と、清花は土井を見た。

「父親の正芳さんは知っていた？」

「だと思う。なぜなら彼らが後妻との縁談を進めているし、跡継ぎを名古屋へ行かせているから」

「母親も知っていたってことですか？」

勇も訊くと、吾平は首を捻《ねじ》って唸《うな》り声を上げた。

「たった独りの跡継ぎだ。知っても知らなくても母親は、彼を外へ出すのに反対したことだろう。だけど初子さんの事件から三年後。村でまた五歳の女の子が消えた」

「うおおーっ！」

と、吾平はケダモノのように吠《ほ》えた。唾を吐き散らして暴れたが、坂下までが式台に上がってきて身体を押さえた。

「そうなのか？　それもあんたがやったのか」

坂下は半分泣き声になって訊いたが、吾平は何も答えない。

「万羽さんに詳しく調べてもらったんだよ。吾平さんが村を出されたのは二十一のときで、女児が消えた直後です。正芳さんは懇意だった会社に頼み込み、息子を外へ出すことで、二つの殺人を隠蔽《いんぺい》しようとしたんじゃないかと思う」

「なのに今度は下宿先で、大家の女房に手を出した？」

坂下が訊く。すると老人はこう言った。

「あれは向こうが迫ってきたんだ。俺はもっと若いのが好きだ。あんな女は慰みにはいいが、しつこくて面倒臭かった」

坂下は言葉を失って唇を噛《か》み、老人はすすり泣くような声で言う。

「ここまで追いかけてきやがって、こう言った。あたしとこういう関係になったこと、あんたの親にもバラしてやる、塚田吾平は淫獣《いんじゅう》だと、村中に吹聴してやると」

「殺したんだな？」

坂下の問いにもそっぽを向いた。

「縁談をすべて断ったのも、秘密の楽しみを邪魔されたくなかったからなのね？」

堪《たま》らず清花は問いかけた。さっき見たビデオの女児が幼い桃香と重なって、目眩《めまい》がするほど怒っていた。山本珠々子の無惨な姿も未来の桃香と重なった。嫁いで間もない母親に五歳の女児、行商人の主婦に、姑《しゅうとめ》と折り合いが悪かった妻……。

「いったい何人殺したの？」

「覚えてねえなあ」

と、老人は答えた。

「みんなに変な儀式をしたの？　最初に殺した初子さん以外は」

「覚えてねえよ……頭が痛《いて》え……あんたらが殴ったからだ」

「殴っていません」

勇が坂下に訴えた。老人はわざとらしく呻《うめ》き始めたが、

「父親の正芳さんと、母親の衣子さんも殺したね？」

土井が訊くとピタリと口を閉じてしまった。

「行商人の主婦が行方不明になったとき、父親は息子を疑った。そこで今度は父親を殺した。それが誤算で、夫を喪《うしな》った母親はますます息子に執着し、自分の時間が持てなくなった。行商人殺しから若妻の失踪事件まで時間が空いたのはそのせいです。また犯行が始まったのは、母親が弱ったからでしょう」

吾平は俯《うつむ》いて歯ぎしりしている。何を思うのか、その目は床よりもっと下にある奈《な》落《らく》を覗いているかのようだ。

「仏間の奥に隠し部屋があります。母親の衣子さんがいた部屋だと思います。二人で暮らしていることになっていますが、母親はすでに死んでいますよ。その」

と、土井は坂下が放り出した毛髪を顎《あご》で指し、

「頭皮は母親のものでしょう。年取った母親を彼は閉じ込め、虐待した。壁や天井を見てください。部屋の隅に汚物が固まっていることからも、まだ動ける状態だったと思われます。そして殺してしまったんです。彼の中では母親と自分が一体になっていたのかどうか、鑑定しないと何とも言えないところですけど……」

そして清花を見て言った。

「仏壇を開けてみて」

いきなり何を言い出すのだろうと清花は思う。母親の位牌《いはい》があるとか、そういうこと？　仏間に入って、閉じられていた観音開きの扉を開けると、

「あっ！」

清花は思わず尻餅《しりもち》をついた。

そこには両腕で膝《ひざ》を抱えた姿のまま、縄でグルグル巻きにされた老婆のミイラが、即身仏よろしく納まっていたのだ。土井が言ったとおりに頭皮が剥《は》がれ、手と足の爪が引き抜かれ、顔は叫びのかたちに固まって、洞になった眼窩《がんか》でこちらを睨《にら》みつけていた。

「うわあ……ああ……ああ……」

吾平は声を上げて泣き出した。勇も坂下も驚きを隠せない。

「どうして」（わかったんですか？）

尻餅をついたまま土井を見上げると、

「納屋に置かれたガラクタの中に、仏具が一式あったからねえ」

土井はあの情けない顔で答えたのだった。

外でまたサイレンが鳴っている。

塚田吾平は泣くのをやめない。

清花は淑子と山本が、ここへは顔を出しませんようにと祈った。何が起きたか詳細を知る必要はないと、同じ母親として清花は思う。知れば新たな怨《うら》みを生んで、淑子はまたも立ち止まり、穢《けが》れた呪いに囚《とら》われる。そんなものは必要ない。珠々子がいなかったことにはならないし、淑子には娘との思い出があるわけだから、おぞましい証拠や記録はすべて警察が引き受けて、彼女は前に進むべきだ。

珠々子は確かに存在していた。

瑞々《みずみず》しい命を生きていた。それでいい。それこそが真実だ。

足助署の刑事らに事件を引き継いで、清花たちは塚田家を後にした。

エピローグ

清花と土井と勇は塚田家を出て佐久間家へ戻り、勇がレンタカーを返す傍ら『田の神さん』を千葉大へ発送することにした。清花と土井はキャンカーで都内へ向かう。凄《すさ》まじい事件に遭遇したため三人とも激しく気持ちが落ち込んで、ケースのグミがなくなった。土井までが無言でグミを嚙んだのだ。

山本母子《おやこ》が塚田家へやって来ることはなく、佐久間家の庭に戻ってみると、キャンカーのフロントガラスとワイパーの間に、折りたたんだ紙が挟まれていた。それは、『先《ま》ずは足助署の捜査に協力し、結果がわかりましたら改めてお礼に伺います』という淑子の手紙と、『たっちゃんちの雨戸の陰を見てください』という山本のメモで、すかさず勇が雨戸を開けて、スーパーのレジ袋に入ったものを発見した。

そこにもメモが残されていて、『土井さんたちに食べてもらおうと、母が早起きして作ったものです』と、書かれてあった。中身は透明な食品トレーに、ゴマと小豆《あずき》、きなこのぼた餅を詰めたもので、割り箸《ばし》とウェットティッシュが添えられていた。

佐久間家の水道で手を洗い、裏庭へ通じる空間に足助署が張った黄色い規制テープを横目に見ながら、清花らは庭に立ったまま、それぞれ無言でぼた餅を食べた。心がささくれ、気が立っており、ともすれば怒髪天をつきそうな怒りに追い立てられながらも、淑子が作ったぼた餅はジワジワと清花たちの心に染み入ってきた。

「……うっ」

空は水色。風に若葉の香りがしていて、突然、清花は嗚咽《おえつ》した。餅が喉《のど》に詰まったふりで土井や勇に背を向けて、手の甲で素早く涙を拭《ぬぐ》った。ぼた餅の優しい甘さに耐えられない。この母親に起こったことの残酷さが、我がことのように辛《つら》かった。

「塚田初子さんの娘さんにも、お母さんはあなたを捨てたわけじゃないって、伝えられるよ」

山里の景色を眺めて土井が言う。勇もこちらを見ることなしに、

「田中博次さんも……事実は残酷ですけども、妹を独りで帰したから溺《おぼ》れたわけじゃなかったと……うん。だけど……」

そこまで言って、勇は、

「あーっ！」

と、雄叫《おたけ》びを上げた。

「わかる。よくわかるわよ」

鼻を詰まらせながら清花は言った。泣き顔は見られたくないから俯いたままだ。

「それが救いになるのかって話よね。でも、犯人はまだ生きていた。あの世へ逃がしたりしなかった。私たちで捕まえた」

「そうだ」

と、土井が力強く言う。勇は腕を振り上げて、山里に向かって大声を上げた。

「ぼた餅、サイッコー！」

偶然なのか、それともワザとか、ニッコリと振り返った口元にあんこが付いていて笑ってしまった。三人共に妙なテンションで泣き笑いしながら、清花はこの班が好きだと思う。

案山子《かかし》が全滅した村に吹く風は、もはやなんだか間が抜けて、役割を終えた集落が静かな眠りにつこうとしているかのようだった。


土井がまだ東京へ向かって車を走らせていたその日の夜に、助手席でSNSをチェックしていた清花は、

【山奥の民家に遺体・愛知県警足助署】

という速報を見つけた。写真は一枚もなく、文面もほとんどない記事に対するユーザーの反応は冷ややかだった。

「事件がネットニュースに載りました。山奥の民家に遺体」

告げると土井は前を見たまま、

「田舎の事件はニュースになりにくい」

と、昼間と同じ台詞《せりふ》を繰り返した。

「他の被害者の遺体が見つかってビデオテープの中身が表に出れば別だけど。今回のこれはたぶん静かに収束するよ。犯人は高齢者だし、最後の事件からでも三十年は経っている。そしてあの場所は開発予定だ」

「そうですね」

と、清花も言った。マスコミが興味を示すのは現在進行形の凶悪事件だ。そしてとても残念なことに、そうした事件は跡を絶たない。

「遺体はすべて出ますかね？」

「どうだろう。珠々子さんの遺体を母親の実家の井戸に遺棄していたことからも、塚田吾平は相当に歪《ゆが》んだ思考の持ち主だと思われる。その観点で言うのなら、田中癸ちゃんや女の子の遺体は自宅のどこかに、消えた若妻の遺体も嫁ぎ先に隠されているんじゃないかと思う。突発的犯行だった初子さんと、行商人の主婦は別にして」

「すべてを自白するでしょうか」

「さあね……死期が近くなるほど人は嘘が言えなくなると聞くけどさ、妄想と現実の区別がついているのかどうか」

「塚田吾平は病的な殺人鬼だったんでしょうか。殺人の捜査は初めてじゃないですが、今回みたいなケースは……」

「まあねえ」

土井はチラリと清花を見つめた。

「育った環境や生まれつきの性格や、起きたことから原因を考察しても、難しいよね。同じ環境に似た性格の人を置いてもさ、同じことをやるかといえばそうではないし……ただ、彼は母親の亡霊と、ずっと暮らしていたとは思う」

「母親のフリをしていたからですか？」

「あれがフリだったのかどうかは、ちょっとわからないな。母親がきつい性格だったのは村のみんなが見て知っている。婿養子だった父親が初子さんの遺体を隠したか、それとも吾平が隠したか、わからないけど塚田家としては、息子が殺人を犯したなんて公にできなかったんだろうし、母親は……まあ、息子の異常さを知っていたのかいないのか……ともかく吾平にとって初子さんが特別な存在だったことは間違いないと思うんだ。長持に水とご飯と酒が供えてあったから……蓋《ふた》に土器《かわらけ》が載ってたろ？」

「はい」

「彼はずっと責められていたんじゃないかと思う。跡取りはおまえしかいないんだから、早く嫁をもらって身を固めろと。かなり早い時期からプレッシャーがあったのかもね。もしくは……」

言いかけて、「まあいいや」と、土井は黙った。

「なんですか？」

清花は眉《まゆ》をひそめて訊《き》いた。

「まあさ、その当時はさ」

「夜這《よば》いとかそういう話のことですか？　牡鹿沼山村の事件で知りましたけど」

「そう。往時は今よりずっと性に対しておおらかだった、らしい、みたいだ」

「かもしれない？」

土井は「ははは」と微《かす》かに笑った。

「女性は生きた人間で、案山子みたいに自由にならない。あの爺《じい》さんが罪を抱えたまま、あの世へ逝《い》かなくてよかったよ」

車は高速道路を走っている。ときおり山影に月が覗《のぞ》いて、見えなくなったと思えば逆方向に現れたりする。真っ直ぐに思える道が実は曲がりくねっているからだ。

淑子も、山本も、今夜は眠れぬことだろう。人も案山子もいなくなったソメ村で、死んでしまった人たちが、魂だけになって月を見上げているような気がした。

翌早朝。清花はレストランの駐車場でキャンピングカーを降ろされた。祭日であり、勉と義母《はは》には帰ると告げた。今回の潜入先はお土産を買えるような場所ではなかったために、高速のサービスエリアで行き先と関係のないお菓子を買った。

「それじゃ、また週明けに」

そう言う土井が車で去ると、清花はレストランのガラスに自分を映して、想像以上にボロボロになっているなと思った。両手いっぱいの荷物を地面に下ろし、手櫛《てぐし》で髪を整えてみたが、目の下にできた隈《くま》は隠しようもない。

仕方がないか、とため息を吐くと、荷物を抱えてマンションに向かった。

どうか誰にも会いませんように。

祈りながらエントランスを覗き込み、無人であるのを確認してから大急ぎでエレベーターを呼ぶ。ボロボロなのは見かけだけでなく、頭の中も同様だった。神奈川県警の第一線で活躍していたときでさえ、こんな酷《ひど》い事件に遭遇したことはない。

早朝に確認したネットニュースでは、名前こそ伏せてあるものの田中熒や山本珠々子の失踪《しっそう》に触れて、子供が被害者である可能性を匂わせていた。報道が過熱するかどうかは愛知県警の足助署次第だ。

勉や義母はネットニュースを見たろうか。山奥の県境に行くから食品の準備をしたわけで、お人好《ひとよ》しの義母はともかく、勉はピンときたかもしれない。でも内情は明かせない。まだ夫婦だったときでさえ、捜査内容は明かせなかった。

誰にも会わずに自宅がある階で降り、通路が無人なのを確認してから、大急ぎで自宅へ戻る。みんなまだ寝ているかもしれないので、鍵《かぎ》を差し込み、両手に荷物を抱え込んだとき、ドアが開いて桃香が出てきた。

「ママ、おかえりー！」

お腹に飛びついてきたので清花は荷物を持ったまま、

「ただいま」

と、娘に言った。

荷物を下ろして跪《ひざまず》き、薄っぺらで小さな娘の身体を抱き寄せる。貪《むさぼ》るように匂いを嗅《か》いで、肩に頭を乗せたとき、この子を亡くしたら生きていけないと本気で思い、桃香がいてくれることの幸せを噛《か》みしめた。

「痛いよう。ママ、強すぎ」

文句を言われても離さず訊いた。

「ひょう疽《そ》は？　どうなった？」

桃香はそっと身体を離し、

「もう平気」

と、言ってから、また抱きついてきて耳元で、

「ハサミがいちばん怖かった」

ヒソヒソ声で教えてくれた。奥から義母も顔を出す。

「清花さん、お帰りなさい。あらあ……勉が言った通りに疲れた顔ね。お風呂《ふろ》沸かしてあるから入って、ほら、入って、入って」

「桃香もママと一緒に入るーっ」

思いがけない心配りに鼻の奥がツンとした。

大量の洗濯物が入った荷物を抱え、お土産のお菓子は桃香に渡してリビングへ入ると、勉はソファでコーヒーを飲みながら、テレビで朝のニュースを見ていた。

「おかえり」

と、言う。

「ただいま」

桃香は父親にお土産を見せ、お風呂へ行くと告げている。下着にタオルに入浴剤、自分で準備をしている隙に、清花は勉の近くへ行って「ありがとう」と、微笑んだ。

「朝風呂沸かしてくれたんだって？　お義母《かあ》さんがそう言ってたわ」

勉はこちらへ顔を向け、清花を見上げてボソリと言った。

「ニュースを見たよ。子供が絡んだ事件は辛《つら》いな」

そんなつもりはこれっぽっちもなかったのに、まるで堰《せき》を切ったかのように、清花の両目から涙がこぼれた。これには清花自身が驚き戸惑い、勉の前を離れて洗面所へと駆け込んだ。ついでにトイレに逃げ込んで、口を覆って天井を向き、両目が充血しないよう手の甲に涙を移して取って、トイレットペーパーにこすりつけた。

「ママー、うんちー？」

と、桃香が訊いた。

「すぐに出るから待っててね」

「バアバがね、ゆっくり入っておいでって。私、先に入って待ってるね」

なんてこと。もう、ホントになんてことだろう。浴室から入浴剤の香りがしてきた。その人工的な芳香が、胸に淀《よど》んだ怒りや嫌悪感や、やりきれなさを流していく。清花は頬を拭《ぬぐ》って立ち上がり、桃香が待つ浴室へ向かった。


五月。都内が新緑に包まれる頃。

井戸から出た骨のＤＮＡが九十九パーセント以上の確率で淑子のものと一致したため、血縁関係が認められたと坂下から連絡が来た。このことは先に本人にも伝えたという。坂下は他に、塚田吾平の家の畑に置かれた石の下から行商人の女性とみられる骨が、果樹園に置かれた石の下から女児の骨が、田中棨の家の井戸から子供の骨が見つかったことも教えてくれた。一帯が開発されることなどに鑑《かんが》みて、事件が大きなニュースになることはないだろうと坂下は言った。

——おかげさまで心置きなく退官の日を迎えることができそうです——

いずれ返町課長にもお礼状をしたためると言う。

その電話を受けたとき、清花と土井は骨の研究者である宗像教授に呼ばれて千葉大にいた。こちらでも佐久間家の田んぼにあった骨の鑑定結果が出て、二体の骨はどちらも佐久間敬三と血縁関係があることを否定できないとわかった。

掘り出した遺骨をどうするか、佐久間達弥に確認したところ、然《しか》るべき法要をして、多治見に建てた新しい墓に入れるという。

宗像教授に礼を言い、清花と土井はキャンピングカーに戻った。

大学の駐車場を出ようとしているときに、今度は福子から電話がかかった。土井が運転するのを知っているので、出先では清花のスマホに連絡がある。

「はい。鳴瀬です」

——お疲れ様、万羽です。土井さんはそこに？——

スピーカーにして清花は言った。

「運転中です。スピーカーにしました」

——根羽村の山本さんから電話があって、こっちへ小包を送ったって。なんかねえ、特産品がたくさん詰め込まれているらしいわよ——

土井は運転席で頷《うなず》いている。

「ボスにも聞こえています」

と、清花が言うと、

——あとね、DNAの照合が終わって……——

「さっきこちらへも坂下さんから連絡がきました。井戸から見つかった遺骨は珠々子さんで間違いなかろうと」

——坂下さんもマメな人ねえ——

福子は言って、

——足助署から骨が帰ったら、やっとお葬式を出すそうよ。あとね、淑子さんから伝言が……読むわね——

しばらく間を置いてから、淑子の代わりに福子が言った。

——坂下さんや土井さんたちのおかげで、ようやく気持ちの整理が付きました。心から感謝しています。あれは自分が生まれた村ですが、珠々子のことがあってから、ずっと忌まわしく思っていました。今はまだ娘を奪われた村としか思われないけれど、これでようやく、いつかはきっと、アルバムの村の写真を見ることができるだろうと思います。秀哉のモロコシが実る頃、また根羽村へいらしてください――

だそうよ。と、福子は付け足した。

――人間だけじゃないのよね。今回のことで、私はしみじみ思ったわ――

「なにが、ですか?」

――新陳代謝よ。村も、町も、あれこれも、人と同じに新陳代謝が必要なのよ――

「た～し～か～に～」

と、土井が言う。あの場所に新しい風が吹き、街が生まれて、忌まわしい過去を消し去っていく。そうやって人は未来へ向かうのだ。

――どーも、お疲れさまでーっす――

電話に突然勇が出てきて、

――清花さん、おめでとうございます!――

と、言った。

「え? なに?」

――なにって、カカシコンクールっすよ。桃ちゃんの作ったカカシがグランプリ受賞したんですよね?――

それは桃香の小学校で、稲田係がポスターを作って開催したお祭りだった。児童らが好きなカカシに票を入れ、一番人気を決めたのだ。清花にとっては恥ずかしい時代がかったお下がりに、コッテコテのアクセサリーを着けたカカシが一等賞を獲《と》ったのはクラス通信で知っていたけれど、どうして勇がそのことを？

――桃ちゃんにメールもらったんです。送信者が『勉』ってなってたから、元ご主人の携帯からだと思いますけど。しっかり写真も添付されてて――

「ええ？」

スマホの操作を覚えたことは知っていたけど、いつの間に。

――すっげえスタイリッシュなカカシじゃないすか。名前もセンス抜群ですね――

――赤いブラウスにラメのスカートって、今どきお目にかかれないわよ。誰かのママのお古かしらね？　髪の毛が黄色で、ターバンみたいに手ぬぐい巻いているのもポイント高いわ。それに表情がとてもいい。イヤリングとネックレスはバブル期のデザインね、なつかしい……あ、清花ちゃんはバブルを知らないか――

清花は顔から火が出そうになった。

「すごいセンスだ～――」

と、土井が笑った。

「――で？　カカシの名前はなんていうの？」

福子と勇が声を合わせて、

――あっちいけサマ！――

と、叫んだ。

「もはやセンスのかたまりだ～」

土井に隠れて清花はこっそりコーラ味のグミを噛《か》む。

あっちいけサマは、カラスや雀が稲を食べに来ないよう、桃香たちが頭を捻《ひね》ってつけた名前だ。それが金メダルをぶら下げて、バケツ田んぼの脇に立っている。丸い顔に長い睫毛《まつげ》の大きな目、顔の下半分を口にして笑っている。

学級通信にはその写真しか載っていないけど、小学校のホームページには、顔を墨だらけにした桃香とナナちゃんとミチオくん、製作途中のあっちいけサマの写真がアップされ、子供たち全員がひまわりみたいに笑っているのだ。

スマホの通話を切った後、清花は前方の空を見つめた。

春から初夏へと季節が変わりゆく空は、もう水色ではなく青々としている。その下にある樹木は瑞々《みずみず》しいグリーンで、遥《はる》か頭上に飛行機雲が伸びていく。あたかもそれは、村に囚《とら》われていた魂を真っ直ぐに天国へ誘《いざな》う道筋であるかのようだった。

to be continued.

参考文献

『泉鏡花集成9』泉鏡花／著　種村季弘／編　ちくま文庫　1996年
『新潮日本古典集成〈新装版〉古事記』西宮一民／校注　新潮社　2014年
『四季の節供　暦想雑記（年中行事考）』おおい町暦会館　2014年
『信州の年中行事』斉藤武雄　信濃毎日新聞社　1981年
『祓いの構造』近藤直也　創元社　1982年
『男鹿市の文化財』第一九集　男鹿市教育委員会、男鹿市菅江真澄研究会／編
秋田県男鹿市教育委員会　2017年
『魂のゆくえ　描かれた死者たち　平成26年度夏季遠野市立博物館特別展』
遠野市立博物館　2014年
『遠野物語の世界　柳田國男没後60年記念事業　遠野市立博物館令和4年度夏季特別展』
遠野市立博物館　2022年
「葬送と肉体をめぐる諸問題」長沢利明
国立歴史民俗博物館研究報告　第169集　2011年

「今後の耕作放棄地対策の進め方について」農林水産省農村振興局　2008年
https://www.maff.go.jp/j/study/kousaku_houki/01/pdf/ref_data.pdf
不動産相談　公益財団法人不動産流通推進センター
https://www.retpc.jp/archives/28577/

本書は書き下ろしです。

DOLL《ドール》　警察庁《けいさつちょう》特捜《とくそう》地域《ちいき》潜入《せんにゅう》班《はん》・鳴瀬《なるせ》清花《さやか》

内藤《ないとう》了《りょう》

角川ホラー文庫　24469

令和6年12月25日　初版発行

発行者――山下直久
発　行――株式会社KADOKAWA
〒102-8177　東京都千代田区富士見2-13-3
電話 0570-002-301（ナビダイヤル）
印刷所――株式会社暁印刷
製本所――本間製本株式会社
装幀者――田島照久

●お問い合わせ
https://www.kadokawa.co.jp/（「お問い合わせ」へお進みください）
※内容によっては、お答えできない場合があります。
※サポートは日本国内のみとさせていただきます。
※Japanese text only

ISBN978-4-04-114373-5　C0193